都让这世界变好一点点
我们可以
小林 画
燕七 著

萤火人

萤火人

燕七 著　小林 画

四川人民出版社

最清晰的脚印总是
印在最泥泞的路上

有时候感觉自己很渺小，像一只蚂蚁，低着头，每天过着与世隔绝的生活。不愿与人交往，从不看别人的眼睛，也不微笑。天空永远都是灰色的，最难过的时候，无穷尽的眼泪仿佛连接着大海。

我被黑暗层层包裹着，黑暗的重量让人无法呼吸，它就像一朵乌云，巨大而沉重，压得我喘不过气来。

那时我并不知道我抑郁了，我只是整天自责、茫然、寒冷、畏缩、孤独。许久以后，当我穿过了黑暗，我感觉宛如新生。

一路上，我知晓了光明的意义，我知道身处黑暗中，一个人也可以像萤火虫，发出自己的光亮。

一场大雨过后，看到彩虹挂在天空，如同神迹，内心重新回到了宁静。新的一天，一切都是新的，一切挣扎和痛苦都是值得的。

我们都是小虫子，愿我们是萤火虫，是能照亮这世界的那一点光。

—— 燕 七

目 *Contents*

Chapter 1

01 突如其来的抑郁

Contents 录

在异乡都是陌生人的地铁站，
　　我旁若无人的眼泪似 大
　　　　　　　　　　　　雨　滂
　　　　　　　　　　　　　　　沱。
我也不知道，
　　为何我的身体里储存这么多的眼泪，
　　　　　　又苦又涩，仿佛是 悲　　的
　　　　　　　　　　　　　　　伤
　　　　　　　　　　　　　　　　　海水。

目 *Contents*

Chapter 2　　　21　胆小鬼碰到棉花都会受伤

Contents 录

太宰治

说:"胆小鬼连幸福都会害怕,碰到棉花都会受伤。"

我也是一个最胆小的胆小鬼,小心翼翼战战兢兢地活着。

目 Contents

Chapter 3   47   反抗命运吧,为了心中的光芒

Contents 录

为心中的光芒,我要灵魂有火,眼里有光。

在这一刻,我下定了决心,

我要坚决把自己从沼泽地拉起来。

目 *Contents*

Chapter 4

73 心灵有自己的记忆

Contents 录

还停留在孤独的少年,
一个人在放学的路上徘徊,不想回"家"。

还停留在孩子们出生的那几年,
筋疲力尽却无人依靠。

目 *Contents*

Chapter 5　　　　　111　一棵树从不会停止生长

Contents 目录

一阵又一阵微风吹过,樱花树的花瓣纷纷扬扬,铺天盖地落下,像下着一场花雨,那么温柔。

目 Contents

Chapter 6   141 无数次站在悬崖的边缘

Contents 目录

在独处时，我洞见灵魂的 澄澈 与 明亮。

目 *Contents*

Chapter 7　　167　我们一起大笑,可怕的东西就会跑光

Contents 录

多少事情已改变，而你是幸运的。

我终于开始燃烧起来。

目 Contents

Chapter 8

203　这是一生的战斗

Contents 录

这是一场秘密的战斗，

在经历了黑暗的暴风雨过后，

我的生命就像雨后的天空，桀然澄澈。

后记

Chapter 1

突如其来的抑郁

在北京积水潭医院的骨科特殊门诊，那位全国知名的骨科专家，让我做了几个弯腰及深蹲的动作之后，沉思片刻问了一句："你是不是经常心情不好？"

我点头，"是的，经常心情低沉，老想哭。"

他不假思索地说道："去神经内科做个神经测量吧！"

神经测量的结果是：中度抑郁症。

我抑郁了啊！靠着墙壁，眼泪瞬间崩溃，哗哗淋湿了白色的墙。

以前，遇到不开心的事，总会随口来一句：我抑郁了！

那只是随口说说，从未想过会真的抑郁。

这个结果甚至让我瞬间生出一种踏实感，原来我抑郁了！

我的疼痛不安都有了成立的理由。

专家说："腰椎的疼痛并没有你想象中那么严重，是你的抑郁心情导致了疼痛的加重。"

在医生的建议下，去附近的安定医院抑郁症确诊。

在安定医院的走廊，穿制服的保安众多，病人也众多，我放低声音问一位在我前面排队的大姐："您为什么来的？"

她愁眉苦脸地说:"我有强迫症。"

她给我看她戴着手套的双手,"我只要摘下这双手套,就要拼命洗手。"

听到医生喊我的名字,我的心跳嗖地加快了。

在年轻的医生面前小心翼翼坐下,屏声息气等着提问。

他只简单询问了几句,头也不抬就开了一堆去做检查的单子。

我抱着单子去找寻做检查的科室。

原来医院里有那么多抑郁的人!

每间病室前都排着长队,我前面有两个相貌甚是出众的年轻人,漂亮得像电视中的明星,穿着条纹病号服。

"这么好看的人,也有想不开吗?也会抑郁吗?"我瞅着两人的背影发呆。

忙了一圈,把所有结果拿去给医生看。

"确诊是中度抑郁症。"他说。

"心情低沉并且长时间持续低沉,会影响睡眠、饮食、内分泌失调,影响整个大脑的正常运转,导致骨骼的疼痛并波及全身。先给你开三个月的抗抑郁药,三个月后再来复诊。"

都这把年纪了
眼泪还是掉得这么快

医生一边说,一边埋头开药方。

"我可以不吃药吗?"我轻声恳求着。

从小到大,每次吃药都是一次"大刑伺候",药片吞到肚子里也会从嗓子眼滚出来。

他表情凝重,"吃了药,你会开心些,腰疼也能缓解。"

我郑重地接过单子,轻轻点头,好吧!我非常非常想心情好身体好!

抱着药,奔往火车站。

在路上,春江打来电话,"你在北京看得怎么样了?腰椎病严重不?"

我回答:"我竟然是抑郁症。我一直不知道,我是抑郁了。我怎么抑郁了呢?"一开口,眼泪又像打开的水龙头,哗啦流淌。

在异乡都是陌生人的地铁站,我旁若无人的眼泪似大雨滂沱。

我也不知道,为何我的身体里储存了这么多的眼泪,又苦又涩,仿佛是悲伤的海水。

眼泪一定是心情忧郁的证据,一边抹泪一边嫌弃着无法控制眼泪的自己。

城市是一个
几百万人在一起
孤独生活的地方

"没事没事。"春江说,"对付抑郁我有经验,你回来了,我们一起面对。"

火车上,给帮助过我无数次的老树先生发消息:"谢谢老树哥哥关照,我回家去了。"想了想,我羞惭地说:"我今天去医院的诊断结果是抑郁症。"

须臾,他回话说:"这不算个什么事,在这个时代,不抑郁,都不好意思!"

躺在夜深人静的火车上,想起在网上看到的一个段子:"我去医院,跟医生说了我的症状。医生说,你不是抑郁,你是真的惨。"

我也一直以为,我只是惨,不是抑郁。

一直以为抑郁这件事只会发生在遥远的人们身上,与自己无关。

我回想着,我是什么时候开始不开心的?

"这份预算报告很紧急!今晚必须加班。"

"情况分析表,马上给主管部门!"

说实在的,我不那么喜欢我的工作,非常枯燥无趣。

我对数字并不敏感,却从事着与数字打交道的工作,我时常把数字弄错，时常挨批评，却因为"你人品好，对你太信任了"而坚持。

坚持一件工作时间长了，就不知道自己还能做什么别的工作。

做着不喜欢的工作，让人喘不过气来。

每天像一台机器一样埋在数字里，感觉不到一点工作的乐趣。

八九个小时的工作时间，有七八个小时是坐着的，真正是在练"坐功"。

不是一天，也不是一年，而是好多好多年。

孩子们即将入学，居住的地方离学校太偏远，母亲年岁大了，没有精力每天接送孩子。

爱人常年不在家，家里的任何事都指望不上。经过反复考虑，我决定更换临近学校的学区房。

卖房、租房、搬家、买房、装修、再搬家……我妈去北京照顾怀孕的妹妹，我像打仗一样，工作忙碌，还要照顾两个孩子。

每天下班赶紧买菜做饭，还要趁着中午饭后的一点儿时间跑去建材市场。

同事飞鸟说："真不相信你一个人能同时做这么多事情！"

好不容易搬到新家,终于松了口气。

新的房子有个天台,与右边邻居家相通。

喜欢花草,周末的时候,带着孩子们兴致盎然去逛花鸟市场,看到喜欢的花草树木就买下来。想学习左边的邻居,把天台布置成四季如春的模样。

每天看到那些植物小小的变化,心情总会有莫名的感动和喜悦。

一年多时间过去,植物蓬勃生长。

春天时,院子里的梅树、樱桃树开花了,紫藤和葡萄攀爬着藤蔓,空气都是香甜的,吸引了蜜蜂和蝴蝶,小鸟每天清晨在窗外叽叽喳喳。

住在右边隔壁的老太太开着托管班,每天一群孩子进进出出。

老太太挺和善的,相处融洽。她偶尔炒菜时缺了油盐酱醋,会来敲门,做了好吃的,也送来一份分享。

两年以后,托管班的老太太说房子到期,房东把房子收回去了,她们已另觅了去处。

甚是依依不舍,如果世上没有分别这件事,多好!

生活会放弃你
但不会放过你

　　素未谋面的房东来敲门,说她把房子租给了新住户。那位新租户不喜欢我家在共享的天台上养植物,让房东勒令我马上将天台处置干净。

　　房东态度强势,冰冷的脸色让人感到手足无措,我第一次遇到这样的事,好半天不知如何反应。

　　她见我在发呆,扭头去找物业经理投诉。

　　物业经理亲临现场后,劝解她:"这些花草多好看,毁了真的太可惜了!再说远亲不如近邻,不要伤了和气,有话好好说!"

　　她的怒气像被点燃的鞭炮,指着物业经理噼里啪啦,"你为她说话,是不是收了什么好处?一定是她家的亲戚!"物业经理气得掉头就走。

　　面如刀霜的女房东每天来敲门数次,先说这个天台是她家买下来的,被物业经理坚决否认,称天台是公共空间,不可能买卖。

　　又说她已经和租房的那人签了租赁合同,如果天台不能让对方独自使用就是违约,她不好处理,所以无论如何我必须退让。

　　"我是城里人,你这乡下搬来的,敢跟我作对?"

　　女房东叉着腰,一身戾气,她人生的字典里一定没有讲道理

难上加难
沟通困难跟呼吸困难一样
都让人窒息

的习惯。

独自在家照顾孩子的我，在这个才搬来几年的城市，举目无亲。

每次强悍的邻居来捶门，开门后，一群大妈一拥而入，各种威胁，不可一世。

孩子们都面露惧色，如惊弓之鸟，大气都不敢出。

女房东声称自己更年期，警告我不要惹到她，说她已到城建委举报，后果很严重。更警告我要识时务，倘若是她暴躁的老公出马，后果如何不堪设想……从来没有遇到这种事的我，真是一口老血都要喷出来了。

我想，我不用怕她。这世界还是讲道理的吧！

城建委的工作人员上门来了，亲临现场后，劝两家好好协商，不要闹矛盾，也轻声劝我："你家房子的通风和采光都比她家好，你想开些，退一步海阔天空，何必跟这种无知又跋扈的人计较？"

我跟物业经理商量："实在舍不得这些花草都毁了，我保证院子整洁干净，养花草不影响对方，如果她愿意，给她经济补偿，可以吗？"物业经理问过之后回话："对方说没得商量！"

天天祈祷着能风平浪静，没想到一大清早，女房东突然把自己老家中过一次风的老父亲运过来。

　　七八十岁的老大爷站在天台上，二话不说把花盆砸了一地，满目狼藉，令人心惊。来势凶猛的老大爷当时还打算来推我，我赶紧走开，怕他故意倒在地上碰瓷。

　　太欺负人了！气得全身发抖，打电话报了警，等着警察来主持公道，警察做了记录，"没有肢体冲突，还是让物业处理。"

　　警察走后，老大爷乘胜追击，到物业的办公室撒泼打滚，嚷嚷着要死在那里，一副视死如归的模样。

　　一直以来试图在中间调解的物业经理顿时怂了，抱着大事化小的原则，马上见风使舵，"算了算了，她商量不过来，就只能你这里退让，别跟这样的人一般见识！"

　　可能养花草真的会影响到别人吧！我这样对自己说。

　　在物业经理的见证下，与对方签了都不使用天台的协议。

　　一直在北京帮妹妹带孩子的老妈最近终于回来了，我长舒口气，破碎的心仿佛有了一点依靠。

　　我们清理打扫了天台，把完好的植物送给小区里喜欢养花的邻居们，把打碎的花盆和泥土运到楼下丢掉。

我妈帮忙搬运花盆，出电梯时，一只较大的破花盆突然歪倒，磕在一位正要走进电梯的老太太脚趾上。

老太太是楼上的住户，怒气冲天指着我妈："你丧尽天良啊！到底跟我有什么仇恨，非要砸到我的脚上？"

真是屋漏偏逢连夜雨，胆战心惊又魂飞魄散！

赶紧送老太太去医院检查，拍了CT，医生说右脚的小脚趾头有一点骨裂，可以住院也可以回家休息。

老太太住进了医院，每餐要给她送饭，还要给她家里行动不便的大爷送饭。每天几头跑，跑得人晕头转向。

每每听着老太太愤怒的叹息，我都有乌云罩顶的感觉。

"你知道不？老年舞蹈队里天天教新动作，我得耽搁多少？"

"伤筋动骨一百天，你说我的人生还有多少个一百天？"

唉！时时都有一种筋疲力尽的虚脱感，还要使劲安慰我妈，她整天自责，恨不得去医院给老太太负荆请罪。

仰天长叹，老天爷，什么时候才能过上太平的日子？

半个月后，老太太可以出院了，把她从医院接送回家，继续

这世间风太大
吹走了温柔

每天炖着排骨汤送到她家去。

第二个月,老太太的态度非常亲切友好,说只要帮她买些新鲜蔬菜就行了。

第三个月,老太太非常不好意思了,说她和大爷可以照顾自己了。

话说天台种花这件事,我家遵从了君子协定,把花草植物全都撤走,曾种植着紫藤葡萄樱桃玉兰栀子花茉莉……如同爱丽丝梦游仙境的天台,现在只是一片空旷的水泥地,声称不使用的邻居,却每天到天台上活动和晾晒。

至今为止,我还没有学会对付无赖的方法,也没有达到提得起放得下的境界。

是的,对方大获全胜,我们不再去天台,天台是她家的了。

每每看到对方在天台出入,都会心情抑郁,问自己:"我为什么会遇见这样的事?为什么会遇上这么言而无信的人?我上辈子做错了什么?"

工作的压力,每天头脑昏沉,对邻居的愤怒,无法发泄,对楼上老太太事件的焦虑,只能在心里隐忍。

我太难了
上辈子可能是条蜀道

有种元气大伤的挫败感,身体和精力都消耗殆尽。

心情也越来越低沉,身体日渐消瘦。每天晚上失眠严重,腰疼得越来越厉害,每次坐下来,再起身时,腰就直不起来,特别是坐在矮一点的椅子上,起身时尤为艰难,好不容易挣扎着站起来了,好半天都佝偻着腰。

去医院的骨科门诊检查,按照医生的指示去拍了CT,检查结果是腰椎间盘突出。

吃了医生开的消炎药,老老实实去康复科理疗,针灸、热敷、按摩了一段时间,仍没有丝毫好转。

几个月后再去医院,遵医嘱又做了核磁共振,检查结果跟上次一样。

医生开了止疼药,叮嘱我回家静养,每天尽量多在硬板床上躺着。

"最好是躺着一直不动。"医生说。

终于找到理由理直气壮地辞掉工作,仿佛卸下了一个巨大的包袱。

躺在床上长长松了口气,我想,躺一个月应该能痊愈吧!

这么多年，我努力地生活和工作，倘若不是生病，会觉得整天躺着是"混吃等死"。

一个月、两个月、三个月……在家里的床上躺了近一年时间，疼痛仍没有缓解，反而一天天在加重。

夜里疼得睡不着，好不容易睡着了又总是疼醒，整个腰部如塞了一只沙袋般沉重。

时光一天一天流逝，腰疼影响着心情，越来越颓丧，每天无数次长吁短叹。

孩子们也忧心忡忡，某天放学后，小怪兽坐在床前问我："妈妈，你要瘫痪了吗？"

决心去省城的协和医院看看，专家看了拍的片子，听我描述了症状，开了几盒贴的膏药和消炎止疼的口服药，让我回去继续躺着休息。

出一趟门，如同完成一项艰巨的几乎不可能完成的任务。

回到家里，像取经归来的唐僧长松口气，期待灵丹妙药能马上药到病除。

继续躺着、躺着、躺着……吃下的药如石沉大海，杳无音讯。

"难道这是无药可治的疑难杂症吗?"我问着自己,我已经躺得"心如死灰"了啊!

热心的中医阿睿姐寄来了几十服中药,她拍着胸脯说:"保证你喝完了就能上山打老虎。"

每天给自己熬中药,浓浓的黑色药汁喝下去,五脏六腑都是苦的。

喝药后各种饮食禁忌……唉,真是了无生趣,苟延残喘!

爱莲给我介绍了一位奇人,他帮很多人治好了疑难杂症。爱莲郑重承诺,如果这位奇人能帮我把腰痛治好,她以后就把那人当活菩萨供着。

那位奇人朋友用他类似降龙十八掌的内功,试图为我打通任督二脉,每次他双掌出击,伴随着一声大喝,双掌用力击打在我背部,我都虎躯一震,静等奇迹出现。

不过显然我这体质没能见成效,白白浪费了他的神功。

有位大师赠我他亲自配的药酒,称能包治百病,已有好些人喝好了。

我喝完了以后,发现没啥反应,跟他回馈,让他再整一瓶来。

生活就像中药
你以为很苦了
熬一熬会更苦

他小心翼翼问我:"你还好吧?有啥副作用不?"

又有一位朋友介绍了一位足协的队医,这位队医也来历不凡,年轻时机缘巧合,一位藏医传给他医林秘籍。

据说他医术高超,常有人不远千里慕名而来,还需熟人引荐和预约,才有缘被医治。

他用橡皮锤子把我的骨头都敲打了一番说是骨骼重组,有次下手重了,痛得几天龇牙咧嘴,照镜子一看,腰部青了一大片。

求医的经历,简直如同股市的曲线图,整天在期冀与失望中徘徊,最后直接跌停板了。

我这只试验室的小白鼠,还活着已是侥幸。

索性懒得折腾了,期待着神奇的人体自愈。

电视中的养生专家说,人是有自愈能力的,睡觉是能治病的。

不知不觉,已躺了一两年时间了,躺久了,行动和说话的速度变缓,全身的关节都生锈了,再躺下去,估计只有眼睛能转动。

一直都觉得抑郁症挺遥远的,就像电视中的骗子那么遥远,万万没想到自己也会抑郁,且身陷其中并不自知。

是谁说过,苦的存在是为了让甜成为甜。我不奢望有多甜,只要让我现在不痛苦就行。

记得很久以前,看过一本《爸爸爱喜禾》的书,一个叫蔡春猪的作家,他的孩子患了自闭症。

他无数次自问:"那么多孩子,为什么生病的是我的孩子?"

有一天,他终于对自己说:"凭什么就不是你的孩子呢?"

于是,在火车上,我无法抑制感伤的心情,一边落泪,一边对自己说:"是啊,有那么多人抑郁,凭什么就不可以是你!"

觉得自己像条深海鱼
长得很丑
压力很大
前途还一片黑暗

Chapter 2

胆小鬼碰到棉花都会受伤

它的大名叫草酸艾司西酞普兰片，丹麦灵北药厂生产。打开药盒，数了一下，每盒有七颗药。

吃了药，就会心情变好吗？三个月后，能痊愈吗？真想穿越到三个月以后，去探望一下那时的自己。

在爱莲的茶室，大家为我是否应该吃药这件事，坐在一起郑重讨论。

"生病了就要听从医嘱！想要早些痊愈，就该吃药。好不容易去了一趟北京，见到了专家，确诊了抑郁症，当然应该听专家的意见。"江南说。

"要相信科学，既然医生开了药，说明这个药对身体和心情都有帮助，要不先吃着试试看？"这是爱莲的意见。

"我认为能不吃药就不吃药的好，我担心吃药有可能让你不是你，它可能只是一个安慰剂的作用。等你整天纠结是否需要吃药的时候，再考虑吃药吧！"曙光老师说。

春江说："抑郁症的程度和症状千差万别，每个人都不一样，重度抑郁的人，肯定是要通过抗抑郁药来进行治疗。你目前诊断的结果是中度抑郁，虽然影响正常的工作和生活，但是你的生活里还有太多责任,还有写作这个出口,都能驱使着你走出抑郁。我对你有信心,可以先凭借自己的力量试试看,暂且观察一段时间,到时候若真需要吃药才能解决的话,再吃不迟。"

在网上看到,吃药的第一个星期,需要亲人或好友的陪伴。

有人说,吃了药一段时间后总是独自低头傻笑。

据说副交感神经变粗了。

回想自己从小到大每次生病宁愿打针不愿意吃药的画面,吞到肚子里的药片还能从嗓子里再滚出来,实在不愿意又增添吃药的痛苦。

我犹豫着,也许我可以不用吃药吧!

是的,心情已经"坏"成这样子了,还能坏到哪里去?

"你的字能不能练练?"朋友一句善意的玩笑,我也会耿耿于怀,在心中难受好长时间。

"难怪你总是不开心,你看你就爱多想!"多么不愿意被"特别对待"!

"最近挺憔悴的,你现在是不是有什么困难……"害怕那些莫名的同情,让我感觉烦躁。

孤独是一只飞蛾

"你怎么又瘦了?"遇见的每个人都会这样说,那些不痛不痒安慰的话,像无作用的安慰剂。

吃饭的时候,小怪兽用他的手,抚摸我紧锁的额头,"妈妈,你太严肃了,可不可以笑一笑?"

我笑不动了。不想见人,不想找工作,我真的……不想动弹了。

人多的时候无所适从,想在地上找条缝把自己藏起来,想按下删除键,把自己从所有人面前删除。

我的世界很小很小,生活好像停滞了一样,一切都灰蒙蒙的。

一个人在抑郁中挣扎着,身体里灌满了铅,只有影子陪伴着孤独的自己。

很久没开车了,无法做任何需要集中注意力的事。

越来越不愿意出门,每次出门都是一次冒险。

许多简单的小事也不想做了,曾经窗明几净的家里,许久已懒得打扫,心爱的书上落满了灰尘。

长期失眠令我耳鸣、幻听、眩晕、心悸……整天精神萎靡不振。

每天早晨醒来,都感觉很累很累,像是整晚都在翻越不可逾越的大山,筋疲力尽。

回想着昨夜的梦境，总是梦见世界末日来临，巨大的蘑菇云在头顶的天空爆炸，我看着地球下陷，全人类跌入了深渊。

梦中的我在逃亡、痛哭、悲伤、无助、恐惧。我想拯救世界，却什么也做不到。

世界如此庞大，我如此弱小，是的，我对世界毫无用处。

我丧失了对生活的希望，对一切失去动力，我甚至觉得自己活着也是一种浪费。在浪费社会的资源，浪费水、粮食、空气……所有的一切。

脱发极其严重。家里的床上、地上都是头发。我怀疑，再这样脱下去，就该秃了吧。

夜里睡不着时躺在床上发呆，不停否认自己。

我想不明白，为什么我的生活成为这样？是否还有人像我一样糟糕？街上那么多人，她们谈笑风生，为什么那些人天生就懂得怎样生活？为什么我和别人都不一样？

无穷无尽的疑惑，让我时时刻刻不知如何是好。

无数次拿出药片端详，"我应该吃吗？"

"不，我还不想吃。"

每次失眠最常想的事
是如果马上能睡着
还能睡几个小时

我丢下药片，继续沉沦在抑郁的海洋中，随波逐流。

想起刚到荒郊野外的小粮库上班的时候，夜里躺在床上，风吹草动都让我害怕。我妈帮我买了一只刚断奶的白色小狗，眼睛湿漉漉的，可爱极了，我给它取名小白。

小白见风就长，几个月后，它就长得威风帅气，每天黄昏的时候，我和它在开满野花的田野比赛奔跑。

单位的包主任对我说："我儿子买了一台新货车，我担心半夜会有小偷来偷轮胎，夜里总睡不着跑起来看，你养的这条狗不错，送给我吧！"

我呆了半天，不知如何拒绝。包主任以为我默认了，第二天就带来铁链子，催促我把小白链好了送到他的车上。

目送着小白在车上呜咽着离去时，我忍不住号啕大哭了一场。

沉默寡言的我总是低着头走路，在广场上晒粮的年轻男孩子冲我大喊："嗨！丫头，你是想捡钱吗？"我讶异地抬头望他，不自觉摇头。他说："那你为什么一天到晚总是低着头？"

后来很多次，每次低着头走路，脑海中都会浮现那个声音，"嗨，你为什么总是低着头？"

我已经够与世无争了
但这世间的疾苦
还是不肯放过我

    那个声音告诉我,我在别人眼中是什么状态。一直以来,我总是躲藏在道路的阴影中,不敢抬头挺胸,不敢正视别人的眼神。
    每到年末小粮库开总结会,每个人总结自己这一年来的工作。有人侃侃而谈,有人拼命自我表扬,只有我一个人缩在角落,紧张极了,快轮到我时,我就逃出去,等结束了再回来。
    每次落荒而逃已成为习惯,总是莫名想起那个滥竽充数的南郭先生,为自己的胆怯感到羞惭。
    这么多年过去,我似乎还是没有真正的成长,还是那个胆怯害羞的人,是一个与人群有着遥远距离的人。
    我总以为我不开心是腰疼的原因,只要身体慢慢好起来,心情就会好起来。
    然而心情不好导致身体疼痛加剧,身体疼痛又加重了心情沉重,就这样日复一日年复一年恶性循环着。
    人生总有突如其来的意外是我们无法预料的,是的,当我被确诊患了抑郁症,我感觉无比羞耻。
    作家周芳说:"我每次看到的你,都是一副亏欠了全世界,无比抱歉的模样。"她说:"机器从来没有多余的零件,我们每个人都不是多余的。"

倘若如此,那我在这个世界上,也不可能是多余的。可是为什么,我感到自己毫无用处?我存在的意义是什么呢?

喝茶的时候,春江说:"好好工作攒路费,明年大伙约着一起去日本喝清酒看樱花!听说奈良的鹿都跑到街上来了!"

江南说:"我们先去圣洁的西藏,川藏线要趁着年轻的时候去走走,年纪大了就走不动了。"

爱莲说:"什么时候约着去全国各地的茶山好好转转,喝遍天下好茶,顺便把那些小城的美食品尝一下。"

飞鸟说:"哪天有时间了,我们一起去遥远的青海湖住几天吧!找一个客栈,每天坐在湖边发呆,忘记不开心的事情。"

她们谈论美食和远方,我的心里没有波动。

作为一个曾经内心有无数梦想的人,我的心里竟然没有波动。

我越来越感觉到,不知道什么时候开始,我的脑海被一片空白的雾堵塞,情感被冻结了,丧失了感知快乐的能力。

我似乎不是活着,我只是存在着。

才看过的书,记不住书名和章节内容;才见过的人,几秒钟就忘了她的面容和姓名，注意力随时会中断，总是刚接收信息就已经忘记。

再小的事情也难以办到，看起来忙忙碌碌，却无法将自己的生活安排得井井有条。

眼泪总是突如其来，泛滥成灾。我也不知道为什么，和人聊天，随便聊着，就会鼻腔发酸，眼泪盈眶。

不敢看悲剧的电影，不敢看令人伤感的书，不敢听忧伤的歌曲，不敢靠近跟我一样忧郁的人。

难道因为我是诗人吗？

奈保尔在《米格尔街》里说，诗人看到什么都想哭。当你做了诗人后，你就会为任何一件事情哭泣。

有时候是在失眠的夜里，蜷缩在被子里无声抽泣，悲伤到没有声音。

有时是安静的午后，家人出门了，我一个人坐在沙发上时，突然之间，内心升起一股莫名的悲伤，热泪如倾盆大雨瞬间滚落。

悲哀像猛然发作的病痛，深入肺腑，让人哭得痛不欲生，无法自抑。

在伤口落泪
和在伤口撒盐
效果是一样的

有时候，甚至连哭都哭不出来，眼角干涩，巨大的悲伤在胸腔里排山倒海。

"如果有一天，我妈去世了，我怎么办？我还能活下去吗？"想到这里，心痛如焚。

"如果有一天，自己突然得了绝症，怎么办？化疗多么可怕，被病魔控制多么可怕！"想到这里，无法呼吸。

……

看不见的抑郁把我困住了，我感觉每个选择都是错误的，根本抓不住事情的核心，不知道何去何从。

总是不停地责备自己，不停叹气。

在心里不是下了一场大雨，是无数场。

我陷入不可自拔的泪海中，我感觉自己渺小无比，不值一提。

崩溃的眼泪让我感受到生命难题的重量。

每次痛哭，都是一件极其消耗精力的事情，痛哭后是更深的绝望。

人生的寒冷我全都感受到了。

厌倦了这种持久的坏感觉，却又不敢去尝试，像一只失去自我保护能力的软壳动物，对一切采取回避的态度。

远离任何可能使自己受伤的事物，即使是所爱的人。

即使知道这世上有无数受苦受难的人，有无数人比我过得艰辛，也不能让我的心情变好，或让我的难过减少半分。

当我不笑的时候，我不是只欠缺一点幽默感。

"当你凝视深渊的时候，深渊也在凝视着你。"我知道，我现在就站在悬崖边缘，凝视着深渊。

这些年，我照顾老人抚养孩子，认真工作。我独自做过很多事情，虽然不是什么大事。但是，我一定不是这样无还手之力的弱者啊！

与那个回忆中，失去了相依为伴的小白后号啕大哭的我相比，后来的我一定是在一步一步缓慢成长着。

我是从什么时候开始，失去了与周围世界的联系，孤独感越来越强的呢？

朋友对我说："你有诗人的气质，这很危险，不要再写诗了！"

我知道，这一切与诗歌无关。对于我来说，写作从来不是压力。只是心情好的时候，才有写诗的状态。

特别怕冷
天气也是
态度也是

　　心情很差的时候，脑袋处于僵滞的状态。身体和心灵都变得木僵，慢慢失去知觉，像是一个不会笑也不说话的渐冻人。

　　在朋友圈，看到身体状态不佳或者心情不好的朋友，从来不敢去关心或安慰。我都自身难保，哪里还有余力去安慰别人呢？当强制自己去忽视时，又会无限自责。

　　有位叫苏子的诗人朋友在庙里做居士，每天念佛吃斋敲木鱼。我也想到庙里去住，好几次想跟苏子打听，怎样才能去庙里居住，过那种与世隔绝的生活。

　　也许只有通过那种生活状态，才能逼迫自己的内心宁静下来。

　　我又担心，一旦去了庙里，我可能就会出家……算了，还是舍不得我可爱的孩子们。

　　每次打算去询问苏子的时候，欲言又止。

　　每年的节日，都能收到两个孩子送给我的卡片，有亲手画的小画和孩子们的祝福。

　　"亲爱的母上大人，我喜欢看到你笑的样子，希望你天天都是儿童节！爱你的小妖。"

　　"妈妈，你是家里最美丽的人，如果你每天都笑多好。祝你

想哭就哭吧
就像乌云密布时
下场大雨天就晴了

健康开心快乐！你的小怪。"

"亲爱的妈妈，我给你买了花，我最爱最爱的人就是你。你要天天开心哟！"

"我爱妈妈，妈妈笑起来最好看，希望妈妈天天都微笑。永远爱妈妈！"

……

冬天的午后，我们坐在阳台上围着小饭桌晒着太阳吃饭的时候，每个人都把喜欢的菜夹到我碗里。

小妖突然说："我发现全家人最爱的都是你！"小怪在一旁拼命点头赞同。

这一定是世界上最动听的表白，可为什么我的情绪一点儿都不波动呢？

一位许久不见的朋友打来电话，说他出了新作，诚邀我去参加他新书的活动。

我推辞说没有时间，他仍然极力邀请着，"很少人，只是几个老朋友坐在一起聊聊天，你来坐坐就行了，不需要做什么，更不要有思想负担，根本不需要占用太多时间。"

纠结了几天，不知道如何断然拒绝。怕麻烦，不想见人。可也抱着一丝幻想，想试试看自己是否能够有一点点改变。

活动那天，我最后一个到达，已有十来人坐在一起，人手一本他的新书，有人举着相机拍照，有人正在认真阅读，有人说待会儿还要逐个朗读和发言。

也有人主动跟我打招呼，说喜欢我的诗。我听到过很多次类似的表扬，无论世界怎样赞许，都不能让我抬起低着的头。

活动刚开始，我就假装打电话逃了出来，在外面徘徊了许久，不想发言，不想面对陌生人，索性回家了。

怕朋友再打来电话，关了手机，像鸵鸟一样把头埋在被子里。

第二天那个朋友把现场拍的照片，发到朋友圈，有人看到其中有我的照片，给我发来信息："你最近怎么了？怎么那么憔悴？"

那么憔悴的意思是很丑吗？我现在的样子是不是特别难看？我的状态是不是特别糟糕？

唉！出门是件多么可怕的事情，根本不知道会遇到什么样的人什么样的打击。

以后更不想出门了，不想说话，不想用言语与人交流。

在陌生群体被要求做自我介绍是人生口才最差的时刻

如果人和人之间不需要交谈,也许能更准确地表达自己。

"我很失败,对不起家人,对不起朋友,对不起全世界……"脑海里全是无能为力的绝望感。

抑郁是一座大山,而此刻我的力量如同一只蚂蚁。渺小的蚂蚁可以举起大山吗?

天空总是那么灰暗,抑郁这朵乌云不知什么时候就会飘来。

每当它来临时,我的眼泪就不受控制,丧失了行动能力的我,内心沉重,只能呆坐不动。

崩溃的眼泪让我感受到抑郁这朵乌云的重量,压得我透不过气来。

去面包房买面包,买了面包匆忙往外面走,走得太急,一头撞在明亮的玻璃门上。

我一定是天生自带铁头功,只听"哗啦"一声,厚厚的玻璃门应声而碎,玻璃碎片重重溅到手臂和手指上,划破了皮肤,鲜血瞬间迸溅滴落。

我傻傻站在那里,因为自己总是无法集中精神,任何时候都因反应迟钝而感到无比沮丧和愧疚。

"全世界也只有我连走路都会撞门，也太没用了吧！"

淌在地上的血越来越多，像一条蜿蜒的小河。"我该赔偿店家的玻璃门吧！"我继续站在原地发呆，直到救护车赶来。

去医院处理了伤口。手臂、手指都缝了好多针。

回到家里，一个人默默缩在角落里，仿佛一个溺水的人，被绝望的潮水淹没。

比起伤口的疼痛，内心的沉重压抑更让人难受，连呼吸都困难。

早把微信上的好友删去了十之八九。我想，在这个世界上，根本不可能有人真正理解自己。越渴望就会越绝望。

我感到深深的疲惫，对任何行动，对任何希望，对任何事物的疲惫。

当我独自面对抑郁这只怪兽时，我想挖一条壕沟，把自己与外界都隔离开来。

语言已经无法表达我的痛苦，所以我总是沉默着。

无法形容的痛苦如一团乌云把我覆盖，沉重得像是假的痛苦一样。

经常被自己蠢哭可是又不能揍自己

小怪兽在学习上遇到困难的时候，从来不敢来问我。他知道我只会反问他："为什么上课不认真听讲？"

小妖不开心的时候，独自一人待在房间。她从不找我倾诉，我能做什么呢？她看到的我比她更不开心。

无尽的失眠和腰椎疼痛折磨着我，情绪易怒，对家人缺乏耐心。每次在无法自控的坏脾气之后，瞬间又感到深深的后悔和无奈。

对噪声难以忍受。白天，楼上的住户在装修，晚上，马路上的地下通道在施工。

心情郁闷时，各种嘈杂的轰鸣声都放大了无数倍。马路上车辆刺耳的急刹声折磨着自己，施工工地的切割声也如同在凌迟着自己的心脏。

害怕听见电话铃声，每次电话响起，会莫名的胆战心惊，不愿意接打电话，手机整天都是静音或关机状态。

思想极易受到周围琐事的影响，越想平静下来就越烦躁，心情越不好，越感觉身体沉重难受，成了一个不可能解开的结。

时常有想逃到深山老林里去的想法。

每次看到镜子里的自己，总是深锁眉头，眉峰间已形成了一个"川"字。

我的笑容没有到达眼睛，眼睛失去了光芒。

夜里醒来，自己仿佛是一艘孤独的船，独自漂泊在无边无际的大海，找不到可以靠岸的港。

作家马特·海格形容，"抑郁症如同瘪了的轮胎，被刺穿了，再也不能动了"。

我躲在书里，看那些不用思考的网络小说是我逃避的唯一方式。我把我所有的时间都消耗在这里，不管有没有意义。

我明明知道，看毫无营养的书是一种麻醉剂，会让一个人的头脑变得麻木。

麻木就麻木吧，我还能拿自己怎样？

我是一株离开了阳光雨露的植物，在慢慢枯萎。

我的悲伤源源不断，陪伴着我的只有无穷无尽的黑暗。

抑郁绑架了我，我试图挣扎，却发现我早已失去了反抗的力量。

倦怠就写在我的脸上，我的身体经常处于僵硬紧张的状态，精神处于混乱之中，内心因为堆积着负罪感和羞愧的情绪而悲伤。

抑郁这片乌云遮挡了阳光，心灵的黑洞吞噬了所有快乐。

我渴望着外界的光明，却难以走出封闭的空间。

我感觉到悲伤的自己在下沉，每一刻都在下沉，沉入一眼望不到尽头的漆黑深海中。

没有一个人来救我，我就这样看着自己被绝望吞没。

没有经历过的人是理解不了的，言语根本无法形容。

在网上看到那句"当她死去，全世界才开始爱她"时瞬间眼泪崩溃。

那个因抑郁而离世的女孩子，是怎样绝望到放弃自己的生命？

许多人谈自己对"抑郁症"的看法，他们的观点极其片面，仅仅因为一个细节，就对事物和人盖棺论定。其实他们看到的只是冰山一角而已。

每个抑郁的人心中都有不被理解的委屈吧！

为什么等她死去，人们才开始叹息和后悔呢？

是否我也曾在一刹那间有过那样的念头，想过离开人世才是

解脱?

不想了!再不能想了!越想会越绝望。

想起在电影《被嫌弃的松子的一生》中,有句台词是:"小时候,谁都觉得自己的未来闪闪发光,不是吗?但是一旦长大,没有一件事会遂自己心愿。"

人的精力是有限的,我现在把精力全都消耗在自己的不开心上,整天徘徊在崩溃的边缘。

我什么事情也没做,什么事情也不能做。

强烈的挫败感缠绕着我,我是个失败的人。三魂六魄都被打散了,我趴在地上,怎么也爬不起来。

无数次在夜深人静时,有匍匐在地的冲动,"菩萨,救救我吧!"

我恳求神灵把我从尘埃中拽起,让沉重的我如飞鸟轻盈。

如果我曾有翅膀,一定被割断了。我连路都走不动,哪里还能飞翔?站在三楼的阳台,仿佛楼下是万丈深渊。

生活极其单调,每一天都重复着前一天。没有生活的乐趣,看不到明天,看不到生活中的光明和希望。

渴望着能回到心灵的平静，如同战乱后的人们渴望重建家园。

快乐太奢侈，平静就很好。只有抑郁的人才知道平静的生活是上天多么隆重的恩赐！

太宰治说："胆小鬼连幸福都会害怕，碰到棉花都会受伤。"我也是一个最胆小的胆小鬼，小心翼翼战战兢兢地活着。

孤独无时无刻不缠绕着我，仿佛一个人走在一望无际的田野上，不知道可以去往哪里，只是茫然地走着，被孤独的大风猛烈吹着，被孤独的大海紧紧包围着。

悲伤就像地心引力，像变态的杀手，拖着无还手之力的我下沉。

你不想就这样死了吧？躺在床上，我望着漆黑的屋顶对自己说。

被抑郁控制的我，就是抑郁本身。

这是我人生的至暗时刻。

梦想自然是有的
不过后来
那些梦想都自燃了

# Chapter 3

反抗命运吧，为了心中的光芒

梦见和一个陌生人说起往事，他说："如果我是你的哥哥，一定带着你离开。"

片刻过后，他又说："如果我是上帝，我也会特别珍爱你。"

醒来后，泪流满面。

我问自己，我与世隔绝，为何又如此渴望关怀？

难道我承受痛苦，是为了感知自己的存在？

最开始的时候，朋友们以为我只是需要休息，需要安静，她们尽量不打扰我。

后来，她们渐渐发现我越来越不合群，坐在热闹的人群中也显得孤独。

于是她们尽可能喊我出来聊天喝茶，不管我找什么理由推辞，她们都坚定地用各种理由诱惑我走出家门。

如果我不接电话，还会上门来。"去吃火锅吧！新开的火锅店，人气很旺。没有什么是一餐火锅不能解决的，如果不能，那就两餐！"

"快过来，订了最好吃的蛋糕，吃了甜品，心里就是甜的。"

"那家日本料理真的很不错，上次我们去过了，尝了一口芥

世界上最长的路
是找到自己的路

末,眼泪全流下来了,真痛快!"

我不愿意出门,出门是一件多么艰难的事!我像是一个刚从监狱里刑满释放出来的犯人,眼神闪躲,心里满满都是羞愧。

不管她们对我多友善,我都感觉到自己的格格不入,我坐在那里,心事重重,看着她们谈笑风生,而我像是来自另一个星球。

我对着镜子落泪,我的眼神如此悲伤,仿佛能看到一颗碎裂的心。

初夏的清晨,江南从很远的毛陈镇过来敲门,拉着我去吃传说中最好吃的牛肉面。

就在我家附近的彭家湾菜场里面,是本地著名的老字号早餐店。

煮面的杜婆婆仔细聆听着每个顾客的要求,有的不加味精有的不要葱有的要多加面少加辣……她一边盼咐店员把压面机绞好的面条送过来,一边指挥着看守牛肉摊和卤锅的老爷子收钱。

她已经七十多岁了,发髻整齐,脸上还化了淡妆。每天早上那么早起,对工作仍充满热情。

江南点了两碗牛肉面,味道又麻又辣,她吃得津津有味风卷残云,我勉强吃了几口,默默放下筷子。

不知何时我失去了味觉,对食物失去了渴望。

如果人不用吃饭就能活着,那多好,就有更多的时间在家里躺着了。

我们这些渺小又愚蠢的人类,每天为了三餐而奔波着,有什么意义呢?

脑海里总是情不自禁冒出这样的想法来。

和江南去逛菜场,狭小的老菜市场里,摩肩接踵,拥挤不堪。

小路两侧挤满了小摊小贩,青菜猪牛羊鱼肉等各色菜品琳琅满目,小贩热情地叫卖着,那脸上洋溢着春天般的笑容。

江南说:"你不开心的时候,来菜场走走,心情就会好多了。"

不,我并没有感觉到。

我像是在看一场电影,那些鲜活的人与我并不在同一个世界。

我眼里的一切,都是灰蒙蒙的。

小怪兽问:"为什么我和别人不一样呢?"

"怎么不一样?"我问。

"别人都很开心,我开心不起来。"小怪兽闷闷不乐着。

我有多久没看到他的笑容了？我已经想不起来了。

"我们家的每个人，为什么都不开心呢？"过了一会儿，他又问我。

我不知道怎么回答，脑海中浮现出家里每个人的面容。是的，没有人是开心的样子。

难道抑郁会传染吗？我问自己。

更早以前，春江和飞鸟曾多次提醒我，要多关心孩子，要走到孩子的心里去，成为孩子们最知心的朋友。

我不以为然，这几年我困在自己的孤岛里，与世隔绝。

我们总是伤害所爱的人，伤害了不该伤害的人，却不自知。

我以为孩子们很乖，不需要我来顾及，姐弟俩像小树苗一样，会自己一帆风顺就长大了。

"我们家的每个人，为什么都不开心呢？"小怪兽的这句话，仿佛划破漆黑夜空的一道闪电。

想一个人去后湖公园发呆，很近的路程，却迷了路。

误入一片拆迁的工地，一个老婆婆坐在工地上，用一把锤子使劲捶着混凝土里废弃的钢筋。

爱一个人
是疲惫生活中的英雄梦想

我坐在她不远处的地方，看她使出全身力气，用了两个多小时，也只捶出十来斤的样子。

"你怎么这么辛苦呀！"我忍不住开口问她。

"活着就要做事。"她抬头扫了我一眼，"人哪，多半活着不知感激。"

我已经陷入泥潭，我怎样才能一步一步从泥潭中走出来呢？麻木地活着，就算长生不死又有什么用？

每个人都有自己的幸运神，我的幸运神躲到哪里去了？

它什么时候才会回来？我不想只有黑白的人生，我也想要彩色的人生。

要是我看到的、我尝到的、我闻到的、我摸到的、我听到的……都是彩色的，多好！

这世上所有不快乐的人加起来，一定是一支庞大的队伍。我想从这个队伍里走出来，我不想一直被关在抑郁这座监狱里。

我还可以奢望吗？

"我们家的每个人，为什么都不开心呢？"小怪兽的这句话总是在脑海中浮现。

难过这种事
虽然难
但终究是要过的

我想往前走,哪怕希望微弱,也想去寻找,我不想一眼就看到自己的结局,我不想更糟糕了,我想活着见证自己的余生。

脑海中似乎有什么一闪而过。

我想,此时我每一次想要努力的念头,都有可能是未来的我在向现在的我发出求救的信号。

我愿意为了真正的活着,再挣扎一下,是该触底反弹的时候了。

诗人佩索阿说:"你是活了一万多天?还是活了一天,却重复了一万多次?"

我不知道别人,我的每一天都是复制粘贴,重复着前一天。

满街都是人,我是最茫然的那个。

无路可退,身后已是深渊万丈。

给春江打电话,"我想好起来,还有什么办法吗?"

"当然,任何事情都是有办法的。只要寻求专业的帮助,任何事情都能迎刃而解。"春江毫不迟疑答道,"我认识的一位心理医生祁老师,非常专业,他一定能帮你。"

她给祁老师打了电话,帮我和祁老师约着在他的工作室见面。

在图书馆的五楼,我忐忑不安轻叩那扇半掩的门。

这是我第一次走进专业的心理咨询室,推开门,这是一间小小的向阳的房间,进门右手边有一排书柜,整齐排放着书籍,墙上挂着几幅儿童简笔画。

我在沙发对面的椅子上坐下,当我开始描述心中的焦虑,祁老师神情专注地倾听着,我在他的眼睛里,看到了一种感同身受的体谅。

我几乎可以断定,在我的人生旅程中,这是我遇到的最稀有和罕见的笑容,一种温暖、包容、理解的笑容。

祁老师道:"你需要先从自己改变,只要你改变了,全家人的问题就能迎刃而解,所以我建议你先接受心理咨询。"

我能改变吗?我问自己。

我必须改变!我只用了千万分之一秒钟回答。

即使我曾一千次尝试过从抑郁中爬起来,却又反复沉沦,即使我对自己失望无比,可是为了我生命中所爱的人,为了我自己,哪怕我的心坚硬成了一块岩石,也要改变。

为心中的光芒,我要灵魂有火,眼里有光。

在这一刻,我下定了决心,我要坚决把自己从沼泽地拉起来。

在没有接触祁老师之前,我从来没想过要看心理医生,在遇到他之后的这一瞬间,我相信他会带领我走出黑暗。

"一定会好起来的!"我努力让自己镇定下来。

若凭我自己的力量不够,就来借助外界的力量。

和祁老师聊了一些自己的近况。

"感觉生活好艰难啊!好像内心有很多莫名的痛苦无法表达,这种说不出的痛苦更让人感觉到痛苦。我不知道我是怎么陷入这种痛苦的沼泽之中的,而我早就筋疲力尽。但我之所以没有完全放弃自己,或许是有我不知道为什么而坚持的原因。"

祁老师凝视着我的眼睛,认真说:"你能坚持到现在,真的太不容易了!你已经创造奇迹了。"

原来,我也会被夸奖啊。

我和小怪兽交谈,问他最想做的事情是什么?

"我想踢足球,参加学校的足球队。"他说。

"你跟老师说了没有?"

"没有。所有的同学都想去,老师不可能同意我去的。"

先活着
其他的再想想办法

"试试看呢!"我对他说,"如果你跟老师说了,不管老师同不同意,我都陪你去欢乐谷玩,好吗?"

"是真的吗?"小怪兽的眼睛一下子亮起来了。

过了几天,小怪兽欢天喜地,一脸骄傲,"我跟体育老师说了,老师同意我去足球队了,因为我是班上跑得最快的人。"

"真为你感到骄傲!"我对他说,"妈妈也想身体好起来,我们一起加油!"

我不知道我该怎么去做,但是许下的承诺,就要想办法去实现呢。

周末和小怪兽去看电影《复仇者联盟》,从电影院出来的时候,天色很晚了,我们走在昏暗的街道上,他突然转身对我说:"妈妈,我爱你三千遍!"

我对他微笑,又迅速转过头去,不让他看到我眼里的泪光。

被江南拉着去了爱莲的"问茶",坐下来不久,恰好遇见春江和她的朋友。

春江讲了她的一位朋友最近遇到的困境,说道:"每个人都是自己的救世主,当一个人遇到困难的时候,首先要想办法自救。"

天空黑暗到一定程度
星辰就会熠熠生辉

道理我都懂,可就是做不到。我沉默着,突然听见她对我说:"文联要给你的诗集开场座谈会,怎么样?"

我的诗集还值得开座谈会吗?我感到很意外。

那么多写作的人,凭什么就给我开座谈会?我的诗歌,有评论的价值吗?

我一点儿都不相信。因为不相信那是真的,而没有任何期待。

不相信那些缠绕着我的痛苦会消失,不相信潮湿的心会洒满阳光,不相信我还有大笑起来的力量。

已经习惯了在漆黑中发呆,习惯了被人群遗忘,习惯了手足无措,一个人蜷在寒冷的角落,与全世界隔绝开来……

不!我想起了这世上我爱和爱我的人,我要开始改变!

我想到了小怪兽的祈盼,想到了祁老师对我的鼓励。

我要今天的我和昨天的我不一样,每天都要进步一点点呢!

放寒假后的第一件事是陪孩子们去旅行,提前订了火车票,背着满满一行囊零食,去了省城的欢乐谷。

一路上,小妖一会儿抱着我的胳膊,像只可爱的小鸟把头靠在我的肩膀;一会儿兴奋地看着火车窗外,似乎无法按捺内心的喜悦："妈妈，我们很久没有出来旅行了。"

我静静想了一下，的确如此。很多时候，我们为了活着拼尽全力，而忘了怎样生活。

如果我不是一直沉溺于抑郁的内心世界，也不会如此忽视孩子们的渴望吧！

寒冷的天气，还下着毛毛雨，欢乐谷只有寥寥数人，像是为我们开设的专场，除了有些设备因天气原因暂时关闭，余下可以玩的项目都不用排队。

小妖欢呼雀跃："我都想玩！我都要玩两次才行！妈妈，你一定要陪着我！"

我怎么拒绝她？她用那么渴望的眼神看着我。

许多项目小怪兽不能玩，"我们下午去麦鲁小镇探险好吗？还可以去看4D影院。"

小怪兽拼命点头，他学过跆拳道，高兴的时候，会连着打好多个侧手翻。

天地双雄给人带来的瞬间失重，让人心跳停止；旋转飞椅让人头皮发麻，生无可恋，每次都好像头下脚上要撞到地上去，又被命运之手拉回高空。

在激流勇进的河道中，我们乘坐的船只奋力爬到了坡道上，又瞬间从高处滑下，冲入水中，飞溅的浪花扑了满身，猝不及防的我从头到脚全湿透了，像一只瑟瑟发抖的落汤鸡。

听说过山车因为天气原因暂时关闭，我的内心因庆幸不已而长舒口气。

小妖有多喜悦，我就有多忐忑。

这些冒险刺激的游乐项目是我人生中的第一次尝试，我拼尽全力坚持着战胜恐惧。

在许愿树那里，小妖买了一块许愿牌，在正反面都写满了字，"希望我妈妈的腰疼快点好起来！"

"我妈妈是全世界最好的妈妈！我爱我的妈妈。"

她的脸上露出快乐的笑容，她看着我的眼睛说："我喜欢我们一起出来玩，妈妈，下次还一起出来好吗？"

我不知道下次是什么时候，我只是点点头。一次小小的旅行给她带来这么多满足，也是我始料不及的。

她抱着我，我再也没有像从前那样没有耐心地把她推远，她

万物之中
希望至美

并没有长大，还是个渴望爱的小孩，我欠她太多陪伴和温暖。

我们都需要温暖的拥抱，每次拥抱都是一次爱的确认。

在我很小的时候，我不在妈妈身边长大，没有得到母亲的温暖。

在我成为妈妈之后，也不懂得如何做一个温柔的妈妈。

我失去的，我以为我已经不需要了，我竟然以为她也不需要了。

不仅是家人的不开心提醒了沉溺于抑郁中的我，我自己亦厌倦了这样日复一日的荒废时光，厌倦了寒冷和悲观，讨厌这样颓废又无力的自己。

我要成为更好的自己，在一切还来得及的时候。

几年以前，每个看到我妈的人，都会认为她是乐观开朗的人。她关心政治和娱乐，她了解的国家大事，知道的娱乐明星比我多上许多倍。

每个人都觉得我妈妈是热爱生活的人。

可是，现在她脸上的笑容也难得一见。

我知道这与我的情绪低落有关。

你要有足够多的勇气
才会有足够多的运气

周末我们一起去乡下的舅舅家。舅舅养了一头猪,在电话里,舅舅常对我妈提到他这只与众不同的猪。

我们到的时候,那头猪把我们当陌生人,急匆匆冲过来驱赶我们。

村里有人把摩托车停在舅舅门前,才和舅舅打了声招呼,只听"咣当"一声,那头猪已把摩托车拱倒,它哼哼着,以示这是它的地盘。

舅舅带它去河边放牧,我们跟在后面。看着它在河边吃了新鲜的猪菜,在泥潭打滚,然后惬意地午睡。

这是一头聪明的猪,它知道如何令自己快乐。

我妈在村里遇到从前的小伙伴,彼此热情地聊天,我在她脸上看到久违的明亮笑容,仿佛她又忆起了童年时光。

对于一个长期喜欢眉头紧锁,甚至在睡梦中都皱着眉头的人来说,让她的眉头舒展,是件多么不容易的事。

每天孩子们放学的时候,我都先做好表情建设,练习着调整面部表情,确定自己开门之前面带愉快的微笑。

吃饭的时候,我会主动问孩子们:"今天在学校遇到什么开心的事没有?"

孩子们会认真回忆,与我分享在学校遇到的事情,例如小妖在上课时举手回答问题被老师表扬了,跑步最快的小怪兽在运动会中夺得第一名。

"呀,这么厉害!比我小时候厉害多了!"

小妖问:"妈妈,你今天遇到什么高兴的事了吗?"

"对呀,有什么好事?"小怪期待的眼神看着我。

我瞬间语塞,我好像什么事情也没有遇见。突然觉得自己只是有一点点主动,好像还不够努力。

我还想变得更好一点,更有活力一点。

如果不用伪装,不用时时提醒自己,也能发自内心的微笑,多好。

喜欢的诗歌公众号发了一组我的小诗,朗读者的声音温柔如水,沁人心脾,还有不少读者留言,都是鼓励的声音。

原来这个世界上,还有那么多人喜欢这些简单朴素的小诗。

被拉到微信群里去,都是来自五湖四海喜欢诗歌的人,说话幽默风趣,态度温和有礼。

从每天早上互相问好，到接连好些个晚上朗读我的诗歌一发不可收拾，我也被吸引，开始在群里说话。

在这个看不见彼此的网络世界，我慢慢打开心扉，与大家交流着家乡的美景图片。

想起上班的时候，一位同事对我说："我一直相信地球向心力法则。"

我问她："什么是地球向心力法则？"

她回答："就是内心一直想着好的事情，就会吸引到好的运气，总会有好的事情发生。"

如果我能整天想着好的事情，我的运气也会变好吗？

祁老师说："你可以写情绪日记，把每天开心和不开心的事情写下来，这也是一种情绪的减压。"

春江说："不开心的时候，要寻找出口。要么唱出来，要么说出来，要么写出来。你不爱唱歌不爱和人聊天的话，就多写写诗，以后还可以考虑出第二本诗集。"

三年前，在春江的怂恿下出了诗集《月光火车》。一直以为那是终结，从没想过那也可以是开始。

凡是让你爽的东西
将来一定会让你痛苦
凡是让你痛的东西
将来一定会让你强大

被春江说得有点心动了,试着跟出版社的编辑谈骁联系。

跟他咨询现在出一本集子的流程与预算,简单的沟通过后,他说:"你愿意让出版社来出这本诗集吗?如果是由出版社来给你出诗集,你还能拿版税。"

哈!这是真的吗?这个提议让向来有自知之明的我感到非常不可思议。

那么多诗人,为什么是我?我想知道答案。

"你的诗不是最好的,但一定是最干净的,我了解你的诗,我相信会有人和我一样认可你的诗。"这是年轻编辑的回答。

做心理咨询的时候,祁老师说:"没有什么外来的神力能控制我们的生命,只有我们自己的这颗心能左右一切,不要害怕痛苦,要鼓起勇气面对自己,将自己重启回正常状态。"

"可是怎样才能不害怕痛苦呢?"我说,"我感觉自己是个胆小鬼,例如邻居大闹天台过后,我再也不敢去碰触这件事了,抑郁的我好像完全被生活打败了。"

祁老师回答:"我们的身体就是一个浩瀚的宇宙,任何人都是独一无二的宇宙。或许抑郁就是上天送给我们这个宇宙的独特礼物。只要我们愿意往好的方向改变，就会有许多解决方案和补救措施。"

如何寻找解决方案呢？

我坐在书桌前，思忖着给自己罗列重建计划，哪些事情是自己过去渴望过，而一直没有去做的。

我有的是时间慢慢想，等我想到了，再一样一样去行动。

我也在学习做减法，尝试着关闭负面情绪，虽然这比攀登珠穆朗玛峰更难。

我按规律休息，尽量早起晚睡，不再日夜颠倒。

天气好的时候，去后湖散步，把后湖当成我的后花园。

听到鸟鸣声，就停下脚步，用目光在树枝间寻觅。看到树上有花朵盛开，就在树下站一会儿。看到湖里的游鱼，会瞅一会儿再慢慢走路。

晴天时晒太阳、吃甜食，穿喜欢的衣服，头发和身体都干干净净，带着香气。关心自己，不让自己冻着和饿着。

我发现身体舒服了，心情也会跟着舒服。

七夕的时候，诗集座谈会的活动成了现实。

你生来就值得被爱
这一点无需质疑

    座谈会由文联举办,朋友们齐心协力帮忙,曾有过一面之缘的魏天真和天无老师从盛夏的省城赶来。面对辛苦的老师们,我心里满满都是歉意。

    "她反复对我们说,这么热的天,还让你们赶过来,太对不起啦,太添麻烦啦!"会上天真老师复述我的话,引得大家情不自禁微笑。

    活动圆满结束,收获到了许多作家老师的专业评论与批评,满满都是善意的鼓励。

    在七夕这么浪漫的节日,许久没见的朋友因为我而重聚在一起,谈论我的写作,对于与世隔绝般写作十多年,一直不自信的我来说,何其珍贵,何其美好,心灵怎能不被触动?

    这件不大不小的事,仿佛冰冻的河面,吹来了一阵温暖的春风,有种冰雪消融、河流淙淙的感觉。

    似乎不知不觉间抑郁被慢慢瓦解,漫长的冬眠之后,心灵开始慢慢苏醒。

    突然相信"自愈的力量",也许每一种伤痛本身就包含着自愈力,每个人的身体里都蕴藏着未知的能量。

拥有的都是侥幸
失去的都是人生

作家大江健三郎,在森林长大,他小时候在树上有个读书的小屋。一个人从小就能亲密接触大自然,多么幸运。

他生活在森林里的母亲说:"人到死都要精精神神的。"

看到这句话的时候,我想到自己。

我想成为什么样的人呢?是向抑郁屈服,从此听天由命,"丧"下去吗?还是去收聚光芒,让自己的内心明亮起来,做一个精精神神的人?

没有救世主,无论等待多久,如果自己不主动,就没有任何人来拯救自己,所有的动力都来源于自己,只有自己能拯救自己,想成为什么样的人,只有自己说了算。

我要重新让自己的心灵燃烧起来,成为一个美好的人,就像我曾经想象过的那样美好,给身边的人带来温暖。

我想成为一个有活力的人,一个对生活有热情的人,一个没有完全虚度自己一生光阴的人……我希望有一天,我还能奔跑,像那些从来没有受过伤,没有抑郁过的人一样。

飞鸟曾对我说:"既然身在人生的最低谷,怎么走,都是向上的路。"

我学习着对明天怀着期望，倘若我能倔强地活着，一切才皆有可能。我要对自己的人生负责任，否则命运就会随意摆布我。

　　我告诉自己，我要接受自己本来的样子。

　　我战胜着羞耻心，跟祁老师倾诉，跟朋友倾诉，跟日记倾诉，每次倾诉都能让我获得心灵的解脱。

　　当我身处绝境时，我感觉这些都是"救命稻草"，能使我从黑暗中获得救赎，给我自由。

　　我期待着时间和这一切能治愈我。

　　明天清晨醒来，抑郁是否会弃我而去？是否会有一个全新的我，去拥抱一个全新的宇宙？

真能下决心追逐梦想
最差的结果
也不过是大器晚成

Chapter 4

心灵有自己的记忆

那个乞讨的孩子
为什么没有妈妈
把他收回自己的怀抱

——燕七

萤火人

神不能做到无处不在
所以他创造了母亲

每次踏入图书馆大门,在楼梯上与抱着书籍的大人孩子们擦肩而过,都会想起自己曾经对知识的渴望。

在图书馆五楼的工作室,祁老师每次都提前在那里等着我。

坐在窗前的椅子上,窗外的楼下有几棵大香樟树,微风带来树叶的气息。

晴天的时候,阳光从窗外照进来,落在身上的阳光有一种魔力,能让阴郁的心灵也明亮起来。

祁老师说:"抑郁是对自己发怒,与过度的悲伤和过少的爱相关。在感受不到爱的时候,我们会变得沮丧。

"你可以回想你的过去,你的童年。六岁以前的记忆,会在潜意识里影响我们的一生,六岁以前享有足够爱的孩子,会有更强大的自信。

"每个人都最熟悉自己的痛苦,你可以是一个侦探,去跟随情绪的线索,找出降临在自己身上的混乱局面的根源,寻找让你重获新生的方法和力量。"

春江说:"我小时候生长在农村,却集家人万千宠爱于一身,在我爸的膝盖上爬上爬下,还可以任性地在我爸头上扎辫子。"

年轻时
你渴望变成任何人
除了你自己

　　春江拥有幸福的童年。所以春江后来才能化解她遇到的磨难与坎坷吗？

　　童年的回忆，多么遥远啊！仿佛是上辈子的事情了。

　　我努力回忆着，迟钝的大脑，由于反应不够灵敏，陷入了困惑。然而一旦回忆，那些似乎早已遗忘的往事又浮出水面。

　　我对自己的过去重新有了了解。

　　元宵节前的午后，三岁的我坐在小火炉边，火炉上的水烧开了，在吱吱地响。

　　突然窗外有锣鼓的声响，伴随着人群的欢呼声，可能是舞狮子的队伍来了。我对爸爸恳求："我可以去看一下吗？"

　　下乡回来的爸爸正坐在对面几步远的地方搓衣服，他点了一下头，"你自己去搬张椅子到窗前，就站在椅子上看。"

　　我兴奋地从椅子上弹跳起来，起身奔跑的刹那，不小心绊倒了身旁的小火炉，火炉应声而倒。沸腾的水壶滚落下来，刹那间，开水全泼在右腿上。

　　我倒在地上，右腿失去了知觉，怎么也爬不起来。

　　爸爸没有送我去医院，他买回紫药水。一大瓶紫药水洒在大片破损的皮肤上，两天就用光了，仍不见好转。

半个月后，他不耐烦一边照顾我一边还要上班，托人带信给乡下的妈妈，把我接回去。

我妈把我装在箩筐里挑着，另一边的箩筐里是几块石头。

从镇上到乡下，有十来里路。在路上，我妈歇了好几次脚，总有认识的人跟她打招呼。

每当别人问她："这孩子怎么了？"她都会伤心地啜泣："把腿烫坏了……孩子这么小，为什么受罪的不是我？"她柔弱的声音里全是自责。

我的妈妈那么难过，可是没有一个人能安慰她，没有谁能为她擦去伤心的泪水。

我忘了伤口是否疼痛，只知道自己在摇晃的箩筐中昏昏欲睡。

睁开眼时，已星光满天。

我妈把我抱到床上，赶紧去照顾鸡、猪。

猪跟我妈身后哼哼着，抗议它肚子饿。如果不把鸡舍的门关上，晚上会有黄鼠狼来偷鸡。

床上铺了柔软的稻草，很舒服，让人一动也不想动，如果腿不痛的话，就更好了。

我聆听着妈妈奋力给猪剁猪食的声音，一岁左右的妹妹哭闹的声音。

回家真好！一种久违的让人安心的气息包裹着我。

在乡下，妈妈每过几天就走路去好几里地外，请邻村的赤脚医生过来。

家里一群正在下蛋的母鸡都炖给赤脚医生吃了。妈妈甚是心疼，"春鸡顶条牛啊！"

听见赤脚医生的脚步声，那些小鸡飞快跑开。我也想跑开，可我的腿不听使唤。

我每天要么在床上躺着，要么在椅子上坐着，右腿摊放在对面的另一张椅子上，一动也不能动。

从春天到夏天，无法痊愈的右腿开始发炎，赤脚医生用盐水冲洗，用小刀刮去骨头上的腐肉。

我妈整天忙着农活，一会儿去花生地锄草，一会儿去麦地里收割，最炎热的夏天，还要去粮管所交公粮。

每天最最期待的是天快黑透时，她进屋的那一刻。

神不能做到无处不在
所以他创造了母亲

　　家里的猪和鸡全都围拢在妈妈身边，猪嗷嗷叫着，鸡饿得扑棱翅膀。我妈赶紧撒一把粮食在鸡舍前，再马不停蹄去剁着猪食。
　　能和自己的妈妈在一起的孩子，是全世界上最幸运的孩子。
　　深秋的夜晚，我爸回来了。从春天到秋天这期间，他几次托人打听我的腿伤好了没有。如果好了，他就回来接我去镇上。
　　他一进门，就听见我疼痛的呻吟，等他睡下了，我还在黑暗中啜泣。
　　心烦意乱的他终于忍无可忍大吼了一声："哭个么鬼？不准哭！"
　　我吓得把头蒙在被窝里，从此再也不敢哭出声来。
　　我和妹妹怕我爸，怕到了胆战心惊的地步。每次只要听闻我爸回来，妹妹就不敢回家，在外面流浪。
　　有次没来得及跑出去，听到我爸说话的声音了，就赶紧钻到房间的床底下趴着，在漆黑的床底下不吃不喝，趴了一整天。
　　据我妈说，在妹妹三岁以前，我爸数次想把她送人，有两次已经放到篮子里了，被我妈发现并执拗地夺了回来。
　　我和妹妹最大的渴望，不是我爸多看我们一眼，而是他的"遗忘"。

镇上医院的院长是一位远亲，到年底的时候，他终于听说了我烫伤的事，让爸爸赶紧把我送去医院，他说："小心再耽搁下去，孩子的腿就残废了。"

初春的时候，恰好是正月，离烫伤一年时间了。

堂哥用板车拉着我去了医院，感谢那位院长亲戚，帮我萎缩的腿做康复训练，感谢青霉素、感谢链霉素，我的疼痛终于停止。

我终于可以走路了，可以自由地奔跑，像那些同龄的孩子一样欢快地奔跑。

欢乐的笑声重新找到了我。

粮管所的院子里有一大群孩子，我每天早晨醒来，睁开眼睛，就想跑出门，看看他们在干什么。

跟在他们后面爬树翻墙太有意思了，哪怕只是去捡树叶挖蚯蚓，也其乐无穷。

不料噩耗传来，院子里有与我同龄的大兵小兵兄弟，玩耍时双双掉入消防池溺死，他们的父母在院子哭得惊天动地。

为了避免危险，上小学以前，我爸每天出门上班就把我反锁在宿舍里，不准出门。

愿你走过的所有弯路
最后都成为美丽彩虹

没有电视,没有书、没有收音机、没有玩具、没有小伙伴、没有宠物……只有一堵白墙。

我爸给我买了好几把玩具枪……我并没有敌人,连个假想敌都没有,我对刀枪毫无兴趣。

爸爸去上班了,他每天都很忙。

我每天除了发呆、昏睡,看看自己的手指,不知道还能做什么。

如果我爸把我丢到乡下,让我和妈妈、妹妹一起,那多好。

像那些在阳光下奔跑、野蛮生长的孩子,那多好。

六岁以前,在上小学以前的一年多时间,整天被关在那狭小的、只有几平方的小屋子里,没有自由。

后来看《简·爱》,简被关在小黑屋的那个晚上,她描述给她造成了难以言说的心灵伤害。当时我心里竟然想,那算多大事?

上小学以后,我的反应明显比同学们迟钝。每天放学,我都因为作业本上的错误太多而被留堂。

每次我爸来接我,都恼羞成怒:"简直跟院子里的海陆空三兄弟一样,都是蠢猪!"

小学一年级,每天放学,我像一片身不由己的叶子,被人潮

风停在窗边
嘱咐我们要
热爱这个世界

挤到角落,墙壁上褚石色的油漆,总是弄脏了白衬衣校服。

回家又要吃爆栗,在童年,被我爸用手指关节叩在头顶的印象实在太刻骨铭心了,他有次甚至用大手把我的耳朵提起来!

当我的双脚离开地面时,我非常担心两只耳朵因为不能承受身体的重量被扯掉,倘若从此成为一个没有耳朵的人,那多丑!

一定比我烫伤后总是隐痛的右腿难看一百倍。

我爸每次跟我说话我都听不清楚,也不敢问第二遍。

如果问了,他铜铃般的眼睛会凶神恶煞般瞪着我,他若前进一步,我必定赶紧蹭蹭退后三步远,还有可能双膝一软被自己绊倒在地上。

可如果不问清楚,事后他的手指叩在头顶的分量更重。

我们总试图把痛苦往后拖延,却在痛苦来临前,承担了更多痛苦。

长大后才听说链霉素的后遗症是听力受损。

早自习下课的时候,有人喊我的名字,我向门口看去。我妈站在教室门口,阳光照在她的身后,给她笼上了一层金色的光芒,她像是一个长了透明翅膀的仙女。

她向我招手,我不敢相信自己的眼睛,愣了半晌才向她跑过去。

她微笑着,递给我一双新袜子,说她来赶早集,看到这双袜子好看,就买下来了,她马上就要回乡下去了,家里还有好多农活。

我什么也没说,只是傻傻看着她,拉着她的衣襟不肯松手,眼泪像小河一样流下来了,我妈无奈地说:"眼泪多,受奔波。"

好像只有几秒钟她就走了,后来妈妈再没来看我,那天清晨,真像是一个白日梦。

我把袜子揣在口袋,傻笑了好多天。

我真的好想她,做梦都想和她在一起。

炎热的夏季,一夜之间,我的脸上就会冒出无数"大包"。像牛魔王的头上长了无数只犄角。同学们捂着嘴大笑,喊我妖怪。"妖怪妖怪真可爱,脸上长包在作怪,摔个跟头爬不起来!"

他们在学校里嘲笑我,放学路上来扯我的辫子。

我越沉默,他们越嚣张和开心,每当我生气了回头试图去追赶,他们就光速般撤退,跑到远处继续哈哈大笑,让我无可奈何。

夕阳照在我低着头的身影上,我心里很羡慕电视里的孙悟空,神通广大，七十二变，没人敢欺负他。

如果大包长得太大，医生就要给"大包"做手术，每天放学后还要去医院换药。

有时候我爸要下乡，就让我放学了自己去小镇的卫生院。

我坐在门诊室的板凳上，看着穿白大褂的医生，用镊子从白色的铁盘里夹起蘸了药水的纱布碾子，穿过眼角的大包。

我疼得浑身颤抖，却不敢哭出声音。

白大褂的医生惊叹着说："我真的从来没有见过这么勇敢的孩子！"

学校要盖房子，老师让每个同学交五十斤火石头，我从没有见过火石头，不知道它的样子，这真让人焦急。

学校又通知"勤工俭学"的新任务，每人交二十斤茵尘，十斤夏枯草，一百斤木柴。

每天放学的路上，我都探头探脑，四处张望，想发现被人忽视的火石，或者一堆被人遗弃的木柴。

小伙伴们整天开心打闹，只有我一个人像个负债累累的债主，心上背了一座山。

我担心完不成任务被退学,从此又关在家里,独自面对着墙壁。

我喜欢上学,喜欢学校,喜欢那些爱笑的同学们。

我开始有好朋友了,下课了都来围着我叽叽喳喳。

调皮的男生喜欢捉来小蛇,偷偷放在女生的文具盒里,让女生吓得大叫。

还好,还没有人来吓唬我。

暑假来了,我爸终于同意让我回到乡下去。我像一匹脱缰的野马,在家里一刻也坐不住。

妹妹带我去菜园,妈妈种的梨树长在菜园附近的小树林旁。

妹妹举着脸盆站在树下,一脸期待。我不用人教,就知道怎么爬树。

我爬到树上去摘砂糖梨,每只梨都又大又甜,我扔到草丛里,妹妹东奔西跑着去捡。

太阳出来之前的清晨,门口的池塘里,有许多大孩子拿着脸盆下水捉虾。

池塘边围堰的石块里躲满了青虾,池塘边的水只有膝盖那么

就算一点干净的阳光
也能让人怦然心动

深。那些大青虾，笨极了，一个个都蹲在石头缝的洞口发呆，轻轻拉着它们的长胡须拖拽出来丢进脸盆，它们就乖乖束手就擒了。

每天清晨，我猫着腰到池塘捉虾，总是能捉大半脸盆。

挽起裤腿捉虾的时候，堂弟看到我不小心露出的右腿，端详了半天问我："四姐，你的腿上怎么长了这么大一朵花？"

我悄悄地捂住腿，不敢回答他，那不是花，是伤疤。

油菜地四周的木槿树围成了一道篱笆，清晨的时候，篱笆上开着花朵。东一只，西一只，像是赶路的飞鸟，在这里歇脚。

乡村的清晨是清新的，刚刚从睡梦中醒来的人，开始了心情明亮的一天。

鸟儿啁啾，露珠在草尖摇晃，空气中流淌着植物的气息。

幽静的小径上，挑水的人已在一路上留下清水的痕迹。

每天清晨看到别人家的猪路过，我都拖着铁锹紧跟在后面，它拉的猪粪正好种地。

每天早早起床和村里的孩子抢大粪是我的首要任务。

我渴望听到路过村民的表扬："谁家的伢这勤快！真是个好伢！"

我更渴望我爸回来时正好听到，认可我有种地的天分，从此把我留在小山村的老家。

遗憾的是桃子成熟的季节我不在家里，我妈派妹妹去看守，每次有小破孩东张西望，妹妹都要大声喊："不许动！这是我的树！"

假装镇定的小飞贼目不斜视地路过。

妹妹就在后面低声商量："能不能帮我摘几个桃？我和你分好不好？"

每次小飞贼摘了满口袋的桃总是自顾逃跑，忘了和妹妹分赃。

炎热的午后，我们浩浩荡荡去河边放猪，找一棵荫凉的小树，把竹竿插在沙里，黑狗睡在竹竿下。猪自己去找吃的，它要是不小心走远了，黑狗就跑去把它赶回来。

小河的水静静流淌着，小鱼潜伏在碧绿的水草里，鸭子把头埋到水里找吃的。

整片河滩上只有我和妹妹，我们在河边忙碌着建房子，修水道，捡螺壳。

猪吃饱了，回到我们身边躺下睡觉。有时我们闲得无聊，还会趴在沙滩上给猪捉虱子。

门前的池塘里有很多鱼，每次总有小伙伴站在池塘边的石头上看水里游来游去的马口鱼。

我凑过去看，一群孩子中，我一定是最倒霉的那一个。每次都是我脚下一滑，失足掉入门前的池塘。

总是在喝饱水之后，有过路的人把我捞起来。

与我同年出生的迎春，没有我的好运气。

我妈带着我们去菜园，所有的菜园都没有我们的菜园好看。

妈妈在菜园的角落种了一大片向日葵，那么高的枝头，开着那么耀眼的花朵，没有人来欣赏，也没有人夸奖。

像我美丽又年轻的妈妈，又孤独又好看。

繁星满天的夜晚，劳作了一天的妈妈终于歇息，陪着我们在门口纳凉。

我和妹妹缠着妈妈讲故事。

她告诉我们，天上有一颗牛郎星，有一颗织女星。

天上还有好多神仙，腾云驾雾，他们总是到人间来，惩恶扬善。

漂亮的嫦娥偷吃了灵药，一个人飞去了月亮。

遇见的每一场晚霞
都应该有人陪在身边

想到月亮里有仙女嫦娥，我们就总盯着月亮看，怎么都看不够。

田埂上到处是萤火虫，我和妹妹追逐着萤火虫。被萤火虫萦绕的时候，仿佛自己也成了一只快乐的萤火虫。

隔壁的大爷爷晚上出门，把腿摔伤了。

"要是人像萤火虫一样肚子会发光，晚上走路的时候，就不会摔跤了吧！"我向往着。

"还没听说世上有这样的人。"我妈笑着。

把萤火虫放入蚊帐，它们闪烁着，像天上的星星。但是第二天，它们就不亮了，成了不起眼的小虫子。

我们就再也不捉它们了，让它们自由地在草丛间飞舞。

到了开学的时候，我爸回来接我到镇上去。

坐在自行车前面，又要从"天堂"到"地狱"，一路上眼泪悄悄流淌着。

放学后回家，门又锁着，出差的爸爸还没回来。

我丢过一次钥匙，被我爸用皮带狠抽了一回，从此他再也不肯相信我能掌管住钥匙。

世间的温暖
无非雪夜围火炉
又或雨夜茶一壶

    我走去姑奶奶家，她的家是一间临街的店铺，姑奶奶每天清早卖炸油条和稀粥，是我们家在镇上唯一的亲戚。

    姑奶奶家的门也锁了，她带着孩子们回郊区的娘家去了。

    秋雨下得很急很冷，所有放学的孩子都回到了自己的家，街上一个人也没有。

    天色昏暗，我坐在姑奶奶的屋檐下，雨水让全身变得潮湿寒冷，右腿在潮湿的天气里僵冷而疼痛。

    那一刻，感觉到了无边无际的孤独，像黑夜弥漫过来。

    好想在我妈身边。

    好想好想……有一个温暖明亮的家，一家人坐在一起安静地吃饭。

    冬天的时候，最怕雨雪天，雪融化后的街上全是渍水流淌，放学回来，棉鞋里全湿了。

    没有可以换的鞋，湿鞋就一直穿着。直到脚上生了冻疮，每走一步都钻心地疼。

    一整个冬天，棉鞋都是又湿又硬又冷。

    每年冬天，都在寒冷中度过，像一只被冻僵的木乃伊。

开春的时候，我爸告诉我，今天不用去学校，他调动工作，我也要转学。等会儿他的同事就来帮忙搬家，我们上午就要离开这里。

还是去学校上早自习了，即使没有一个同学知道，我一会儿就要离开。

很舍不得这个学校，舍不得宽阔的操场，舍不得热闹的教室，舍不得我的老师和同学们，舍不得叽叽喳喳的小伙伴。

同学们都在大声读书。只有我，坐在小学二年级的教室，用竖着的课书挡着流泪的脸。

在新的学校。我不记得小学六年转了多少次学。到最后没有一个同学记得我，我也不记得一个同学。

多年后即使和同学面对面坐着，也不认识彼此了吧！

大爷爷去世了。噩耗传来，我爸说："你好好准备期末考试，我明天早上一个人回老家去参加葬礼。"

盛夏的夜晚，我把头埋在被子里，狠狠地大哭一场。那一年，我十岁了，那是我第一次感受到猛烈的痛苦。

住在隔壁的大爷爷，是全村最善良的老头。他给小二取名爱之,每次赶集回来,总是偷偷用只有我们才懂的"暗号"呼唤我们去吃好吃的零食,在他的米桶里,有时是几颗糖果,有时是一截甜甘蔗。

我们没有爷爷,他比亲爷爷还亲。

这世上没有几个人爱我和妹妹,而他是顶爱我们的其中一个。

可是他永远离开了,再也不会回来,不管我多么舍不得。

再也没有一个人,用那样慈爱的笑容看着我们,偷偷给我们零食,让我们知道甘蔗是甜的。

想起他,总是从梦中哭醒。

大爷爷去世过后,妈妈和妹妹从乡下搬到镇上了,我们终于住在一起。

我们搬家的那天清晨,家里养了多年的小黑也兴奋地在我们旁边转圈。所有的家具被搬上了车,小黑却被爸爸一脚踢开。

我想起来了!它曾在爸妈激烈争吵时,跳起来咬伤了爸爸的大腿,爸爸无比讨厌它!

我和小黑很少在一起,每次我回家,它都快活地围着我转圈,它忠诚地看家护院,给我们当保镖护卫,在我心里,它早已是我

如果总是在流泪
如何看见漫天星光

的亲人。

我们坐在货车顶上,坐在那堆乱七八糟的家具上面。小黑突然反应过来,它被抛弃了!它仰着头,开始呜咽着,用难以置信的眼神看着我们。

货车发动了,它在大货车后面拼命追着我们,它不相信我们就这样丢下它,拼尽全力追着,一直追了很久很久,仿佛哪怕累死,也要追到世界的尽头。

我的眼泪模糊了视线,心里难受极了,我太懦弱了!在之后的时光里,我无数次后悔当时不敢在爸爸面前为它求情,虽然我知道自己求情也没有用,可我还是后悔。为什么我这么无能,什么都做不了呢?

十岁这年的夏天,我失去了最善良的大爷爷,还失去了陪伴我们多年的朋友小黑。

这是我们全家人第一次聚在一起,爸爸却离开了家,单位在海南岛创业的小公司,我爸去当经理。

我爸写信回来,说他早已和我妈感情破裂,让我妈在离婚协议书上签字。

最清晰的脚印总是
印在最泥泞的路上

我妈坚决不同意。她叹着气看我们："我养不活你们，可我一个都舍不得放手。"

我爸给法院的朋友打了电话，法院的工作人员每天上门来，用各种方式催促我妈签字。

我爸一直控制着家里的经济，他不给生活费了，在陌生的小镇，我妈没有地可以种，也没有朋友可以去借债。

她带着我和妹妹去县、市粮食局上访……一路上，我晕车厉害，每次下车时都像是打败仗的士兵，抱着路边的小树边呕吐边抹眼泪。

当爸妈都筋疲力尽的时候，这个家四分五裂了。

我和我妈在漫长的分别之后，聚在一起只有一年时间，之后又是漫长的离别。

一直没办法忘记，十一岁那年，我爸从海南回来，我们在乡下的二伯家见面，他的眼神淡淡扫过我，转过身去对二伯说："女孩子养着有什么用？长大了还不是别人家的人。"

从我很小的时候，就知道他重男轻女。他会对同龄的男孩子笑容可掬，对我和妹妹却是拒之千里的冷漠。

记得有次他骑着自行车带我从老家去镇上，路上他突然说："你知道吗？你只是我的一个包袱，给我带来了无穷的麻烦和负担。"

如果不是我，或许他早就离开了这个家。

此时他毫不掩饰他心中的失望，并和二伯就此话题谈论开来："没有儿子就没有后代。"

我在一旁默默地听着，当他们在谈论这个话题的时候，他们根本不在意我的心灵是否会受伤。

我知道，大伯和二伯一直对爸爸没有儿子深表同情，常叹息爸爸"绝后"了，这也是爸爸坚决要离婚的重要原因。

更早以前，爸妈还没有分开的时候，每次见面，家里就会鸡飞狗跳，爸爸的责骂，妈妈的哭泣，我和妹妹的无助，都深深印在脑海中。

有一年冬天，来看望我们的外婆被一场大雪隔在这里。晚上我爸从镇上回来，无缘无故又升起一股无名怒火，他举起一张椅子砸向我妈，差点砸到外婆身上。

沉默寡言的外婆，一声不吭离开了家，拄着拐杖，连夜走了二十多里地,才回到她自己的小村庄。

记忆中她从此再也没有来过我家。

无法想象一路上,年迈的外婆在大雪中一边落泪一边跌撞着前行是什么心情。

我被我爸寄居在亲戚家里,先是姑奶奶家,后来是堂哥家。

漫长冬天的夜晚,我的咳嗽声要把苦胆都吐出来了。

寄居的日子,总觉得自己是多余的人,怎么也融不进别人的家庭,喜欢蒙在被子里无声地哭,孤独得像个傻子。

在我想念着我妈的时候,她更想念着我吧!

为什么我的父母一定要分开呢?如果用我的生命能换取家庭的和睦,我也是愿意的。

无数次渴望着奇迹出现。

一年多以后,我爸从海南回来,把我从堂哥家接到他身边,并火速进入了第二次婚姻。

夹菜的时候,一不小心,我把一滴菜汤漏到桌上。

她沉着脸,"啪"的一声放下筷子,冷声道:"我最讨厌把菜汤滴到桌子上的人!"

到底是怎样的终点
才能配得上
这一路的颠沛流离

我不敢吭声，爸爸赔着笑："算了吧！多大个事。"

"咣当"一声！她把桌子上的盘子都扫到地上，发出巨大的声响，伴随着的是她的怒骂。

好多人都来看热闹，有人安慰她。我躲在房间，像是站在冰窖中，身子不由自主地发抖。

当所有人走后，爸爸指着打扫地面的我，轻声恳求她说："你能不能把她当只狗？只当施舍她一碗饭吃？"

从前，他是多么桀骜不驯的人，现在唯唯诺诺，像是换了一个人。

"你是多余的人，你为什么来到这个世界？"这是她每天要对我说无数遍的话。

说多了，我就信了。

或许我真的是多余的人吧！

我一天到晚渴望着长大，渴望着离开这里，远离战争，到很远的地方去。

倘若能回到我妈身边去，我保证吃很少就能活，我一切都听她的。

愿你我
在彼此看不到的岁月里
各自熠熠生辉

世上哪有能回头的河流?我的幻想早就破灭了,父母永远也不可能在一起了。

我对我妈的思念越来越深,夜深人静时,辗转反侧,在房间轻唱着"天上的星星不说话,地上的娃娃想妈妈,夜夜想起妈妈的话,闪闪的泪光鲁冰花……"

唱着唱着就哽咽了,被院子里半夜打牌归来路过窗前的人听见,怀疑我得了精神分裂症,从此大家看我的眼神充满了同情。

"欺老莫欺少,三年就赶到。你快点长大,长大就好了。"住在对门的胡阿姨总是使劲劝慰着我。

在左邻右舍那里,我得到的无论是一个善意的眼神,或是偷偷递给我的一只梨,还是一句鼓励的话,都被我小心珍藏。

在学校里,我是班上最自卑最内向的女孩子。

我有最卑微的眼神,最慌乱的心,最差的学习成绩。

想起未来,我会无比迷茫。

我这样的人,也会有未来吗?

我长大了会是什么样子呢?

十三岁,已经不会笑了。

笑不动了，笑也需要力气。

每天早自习回来，一定没有早餐。

每天中午放学回来，她才刚起床，在厨房里淘米。我不敢靠近她，只敢去洗杯子、拖地，把仅有的一点力气用完。

等到上学的时间到了，饭还没有做好。

我爸总是不在家。他可以出差可以应酬来逃避，我要是也能逃就好了。

真的很想很想逃，晚上做梦都想逃，想逃到我妈身边去，又担心她养不活我们。

最好逃到天涯海角去，自生自灭就好。却又担心我妈知道了会担心，就像我也会一直担心她那样。

可是这样生活下去，我怕我会像小焱那样，最后一点点自尊都没有了。

小焱比我小一岁，我们住在一个院子里。

她很羡慕我。

她说："至少你有一天可以和你妈妈相聚。而我，连我妈是什么样子都不知道。至少你爸还同情你，我爸……早已经不是我爸。"

喜欢发呆的人心里定是有另一个纯净的世界

她是我见过的最聪明最可爱最善良的女孩，她三岁半时失去患有心脏病的母亲，继母撕毁了所有照片，从此她连自己母亲的样子都不知道。

她是我最好的朋友，她有一碗剩饭，总来分我半碗。

我们一起挨饿，一起去葡萄园偷葡萄，一起看金庸古龙的武侠小说，一起憧憬着遥不可及的未来。

总以为这度日如年的痛苦时光会漫长无边际，总以为我和小焱会在黑暗的岁月里一直彼此相伴。

没想到命运会让我们猝然分开，在我长大以后，她并没有出现在我的未来，她的生命终结在十九岁那年的夏日。

十四岁被赶出家门，寄居在县城一位远亲家里，在新的学校仍然无所适从，一个人坐在最后一排的角落，晚上睡不着，上课的时候睡不醒。

同桌家里做炒货生意，他的口袋里总有蚕豆和瓜子，每当上课的时候，他偷偷吃零食时，香气太诱人了。

有次看到他在偷看武侠小说，"什么书？"不爱说话的我好奇地凑过去问。

"你说为什么书上的好人都那么蠢?总是被聪明的坏人陷害,每次我看的时候,都要被那些大侠的智商给气死了!"他指着那本小说愤愤不平。

我深以为然,忍不住发表了几句观点,被他视为知己。

从此上课的时候,我有武侠小说看,也有蚕豆和瓜子吃了。

每次看着老师被一阵奇怪的香气吸引,向我们走近,狐疑的目光扫过我们面无表情的脸,低头的我都忍不住勾起嘴角。

在离开那压抑的家庭以后,那曾压着我的千斤重担,悄然间已卸下大半。

虽然在同学眼里,我仍是一个不爱笑的性格内向的女孩。

不到十六岁,就在小粮库上班了。每天孤零零地打扫卫生,接听电话,同事都是已婚人士,最年轻的也大我十岁,没有同龄人可以说话。

为什么书中的扫地僧都是深藏不露的高人,而我如此平凡普通?

骑自行车去河边看落日,去图书馆借书。

有书看是一件多么美好的事情啊!像一个饥渴的人,在沙漠里遇到了甘泉。

夜幕降临,在单位的院子里,坐在花坛上仰望着浩瀚的星空发呆和叹气。

花坛里的月季都盛开着,草丛里有星星点点的萤火,仿佛天上的星光落到人间。

我们像那些小小的星光,是宇宙的孩子。

我把我妈和妹妹接到身边,我可以养家糊口了。

阳光明媚的天气,去小粮库墙外的田埂上看野蔷薇,大丛的野蔷薇,淡粉的花瓣自开自落。

给洁白的小野花取名"满天星",挖回来种在窗台上。在黄昏的麦地里狂追那只狭路相逢的老兔子。

有人用拖拉机送粮来,需要开收据,在办公室斗地主的同事就跑到小路边去大声呼唤。

我远远听见了,就赶紧跑回来。

那时候又瘦又小,年老的同事摇头:"还没断奶的孩子,怎么就送来上班了?"

漫长的十年,在小粮库的十年,除了长高了一大截,好像再

每个上课睡着的小孩
都是眼睛得了自闭症

没别的收获。

相貌平平，反应慢，也不爱笑，只有看书的嗜好。每天骑自行车追赶着落日，在图书馆关门前赶去还书借书。

没有爱情，没有更大的世界。心里充满了迷茫，难道以后生老病死都在这全世界最小的粮库，在这被遗忘的角落，过着这种一眼就能望见尽头的生活吗？

我不知道。

听说在茫茫大海中，有一只鲸鱼，它的声音是52赫兹，或许它是大海中唯一一只这样的鲸鱼，永远不可能遇到同伴。

就像我们在茫茫人海中孤独行走，遇不到另一个响应自己的同伴。人生的每一个瞬间都孤独，是否我将会孤独一生？

黄昏时，从图书馆借书归来的我坐在河堤上吹风，看着波光粼粼的河面出神。

有时会骑自行车带着好友小田慢慢穿过空寂的河堤。

我和小田在图书馆相遇，并一见如故。

有些人会在生命的旅程中等候着与我们相遇。

小田说，我是她见过的骑自行车最快和最慢的人。

二十六岁,遇见他,他笑起来的样子有阳光的温暖,小时候就失去了母亲,一定很懂得珍惜吧!

不是一见钟情,或许是二见或三见钟情,毫无理由相信他的那句承诺:"我不会说好听的话,但我一定会让你感动。"

匆忙闪婚。

他在海上漂泊,很少回家,连手机信号也没有。

小妖出生时,一个人躺在医院里,狂风猛烈摇晃着玻璃窗,窗外大雪纷飞,孩子拼命啼哭,术后的伤口疼痛至极。不知道为什么,突然心里无比难过,无法自控的眼泪如崩裂的伤口。

等他回家时,小妖已经十个多月,在学习走路。天知道在孩子日夜哭闹的那些时日我是怎么熬过来的,而我习惯了将一切轻描淡写,不让他为家里担忧。

失去母亲是他一生的疼痛,没有心理医生曾帮他抚平伤痛。他每次回家,面对着年幼的孩子,就想要逃跑,逃到茫茫大海中的大船上去。

小怪兽出生的时候,他依然在遥远的海上。

两次剖腹产都麻药失效,那种疼痛的折磨与心灵的孤独真是

我们都曾伤痕累累
但此刻我们应当快活

无以言表。或许那时已有产后抑郁症,一直都不开心,疲惫的身体一直都是亚健康状态。

在确诊抑郁症之后,也曾对他深切期盼,渴望他能拉我一把,助我脱离抑郁的苦海。

在一次次失望后,才知道指望另一个人的救援是不可能的。

每个人都有自己的压力,也没道理把自己遇到的困难强加在身边的人身上。

孤独的呐喊声,从来无人听见。我们只能踽踽独行,在黑暗中踉跄,不被别人了解也不了解别人。

我曾经跨过生活中的山海,但这次抑郁的山太高海太深,我倾尽全力仍做不到,直至筋疲力尽。

我曾经对这个世界有无数的期盼,那些美好的事物像天上的月亮,总是触不可及。

好像自己从来没有长大,还停留在童年,还坐在童年的椅子上,看着赤脚医生用刀刮去腿上的腐肉,却不敢哭出声来。

还停留在孤独的少年,一个人在放学的路上徘徊,不想回"家"。

告别错的，才能和对的相逢

还停留在孩子们出生的那几年，筋疲力尽却无人依靠。

生活平静的时候，过去的一切都风轻云淡。

而它们并没有消失，只是潜伏着，在脆弱的时候出来再次发起攻击。

在回忆时，无数次眼泪夺眶而出，压抑的内心终于通过痛快地倾诉得到了宣泄。

祁老师说："所有的悲伤与疼痛都在身体里留下了痕迹，我们的脑海不仅会铭记回忆，还会有一种强迫性的重复，你已经形成了一种'苦难就是生活常态'的自我暗示。"

原来不是我不能好起来，是我打心底没有真正想过好起来。

我对祁老师说："有位朋友说，我们都是在重复着上一辈的命运。我以为吃苦是常态，我不知道我还可以让自己过得更好。"

祁老师说："人生而不平等，我们无法改变过往，只能改变自己的内心。不要责怪自己，也不放任自己。要相信自己，当内心有了力量，就有勇气来抵抗或化解外部的压力。

"你现在不是一个环节上出了问题，而是各个环节都出现了衔接困难。从一件事情延伸到每一件事情上面，都给了自己压力,才呈现消极的状态,生活中往往那些责任心极强的人更容易抑郁。"

祁老师说:"认识并接受自己,不再去想抑郁的原因,多想它的意义,只有生病的人才能体会到它的意义。还有,不要想着一下子就能好起来,抑郁是一个人一生的战斗。"

多年来,我生活在对自己的失望和批评中,看不到自己的优点,也无法感受到生活真正的幸福。

在与祁老师的反复沟通中,我知道要主动去打破这种自我暗示,才能不再重蹈覆辙。

就像电影《樱桃的滋味》里说的,"活得不幸福也是一种错。"

跟祁老师回忆自己从童年到青年的时光,发现自己一直都与世隔绝,很孤独,从没有建立起真正的自信。

祁老师说:"童年时期就已感受到痛苦与压力的你,现在的痛苦是长期潜伏在心中,再生并且加深了它。不管痛苦有多深,我们都要有一项特殊的能力,去爱童年的自己,才能解决这种困境,让痛苦不再重复。"

我想,受了这些苦,一定是为了什么更值得的东西吧!从现在开始，我要接受自己，不沉溺于痛苦的海洋。以新的心境，勇敢地向未知的明天踏出第一步。

Chapter 5

一棵树从不会停止生长

多么美
黄昏的时候，起了一阵风

—— 燕七

最好的贵人
就是拼命努力的自己

我问祁老师:"我明明已经努力很久了,为什么我还会这么痛苦?心情时好时坏,当我心情不好时,仿佛站在悬崖边缘,仿佛一不小心就会跌下去。"

祁老师回答:"时好时坏代表你已在痊愈的途中,暂时还不稳定,病好了一半还是危险期,过一阶段后,好心情才会呈螺旋式上升。"

跟之前相比,我偶尔会感到轻松,更多的时候,身体就像被掏空了一样。

我还是,不爱我自己。

总是对自己失望和不满,总是莫名的内疚和不快乐。

没有目标和方向,做任何事都感觉毫无意义,生活永远无法达到我所希望的那样。

"不要责备自己,人人都有可能患上抑郁症。心理成长永远都不是一件简单的事情,它更是一场内心的冒险。"

祁老师说:"抑郁症是我们生活环境出问题了,是大脑在发出求救的信号。我们生活在身心无法被满足的环境中,这是抑郁症的根本原因。看清它是应对它的第一步。"

之前是对食物失去兴趣,现在有些暴饮暴食。

胃好像是个无底洞,吃到撑仍感到饥饿,这种饥饿像是来自灵魂深处。不管吃多少零食,只要是正餐吃少了一口,就感觉像是没吃饭。

刚到小粮库上班的一年多时间,我对食物也有一种无法言述的渴望。终于可以不看人脸色,听凭自己的意愿,吃满满一大碗饭了。终于不用每天晚上从梦中饿醒,饥肠辘辘等着天明。

记得看《乱世佳人》,对战争结束之后的斯佳丽经常从饥饿的梦中惊醒这个情节感同身受。

对自己说,不要怕,今天再大的事,到了明天就是小事。十年以后,这一切都微不足道。

那些跑到街上尖叫的人,谁也不知道他们的内心承受了什么样的精神创伤,每个人承受痛苦的能力都是有限的。

我要做的是把自己的痛苦减轻,解开并扔掉那些铐着我的枷锁。

沈从文先生说,不许哭,做一个大人,不管有什么事都不许哭,要硬扎一点,结实一点,方配活在这块土地上。

今天是余生里最年轻的一天

坐下来认真考虑了一下自己的现状，下一步应该做些什么呢？

考虑的结果是，一方面我现在的身心还不太适合投入到一份紧张的工作中去，另一方面由于家庭的原因，我需要更多精力照顾两个孩子。

比工作更重要的是调整自己目前的状态和照顾好家人。

为了小妖上学方便，像许多家长一样，我在学校附近租了房子，并决定过去陪读。

我得给自己找点事做，让自己精神充实，我要休养生息，学习如何放下自己的思想包袱，区分自己能做和不能做的事情，给自己列个愿望清单。

我已经咬着牙，独自走了很远的路。

我不能不爱我自己。

我所理解的爱自己，就是从现在开始，去尝试着过自己喜欢的生活，做喜欢的自己。

曾经想等着老了以后再去做的事情，不如现在就开始尝试。

我又坐在窗前的书桌前思索，我老了以后想做什么事情呢？

**如果足够勇敢说再见
生活便会奖励你一个新的开始**

送小怪兽去上游泳课的时候,我问他:"我也报游泳课好吗?"
小怪兽问:"为什么?你小时候没有学游泳吗?"
"没有。那时候没有人教我,现在我想学,想和你成为同学。"我说。
"那好吧!你不会我可以教你。"小怪兽愉快地回答。
我报了游泳班,我要学习克服对水的恐惧,学会游泳是我今年的目标,不指望游出什么花样,落水了能自救就行。
我知道自己有多么懒散,如果在网上自学画画,顶多只能坚持三个小时。
不如去报个班,强迫自己学习。我这么想的,报了名就不好意思浪费学费了。
报了画画班,从工笔画开始学习,从画一朵荷花开始。
对自己要求不高,只要能学一些入门的基本功,想画画的时候至少知道从哪里落笔。
原来画一幅作品还需要落款。
趁着兴头,又报了书法班。一直以来,自己的字都写得东倒西歪,如果能写端正一些,芝兰玉树一点,也会有一些成就感吧!

开始想写诗了。

整理着自己这几年写的诗歌，再出一本诗集的话，以前写的诗不够，我得再添加一些进去。

周日到周四的晚上都可以去游泳馆训练。我担心我是年纪最大的那个，上课了才知道我的忧虑是多余的，有母女俩一起来学游泳，女儿跟我的年纪差不多，母亲有六十多岁了。

第一天晚上，教练让我们先做了热身动作，之后每个人抱着浮漂在泳池里来回走几圈，找找感觉。对于从未下水的人来说，踩在水里，如踏上太空，是一种很新奇的体验。

泳池边上的高椅子上坐着几个救生员，他们脖子上挂着哨子，眼睛紧盯着水面，倘若有人不小心溺水，他们就会第一时间跳到水里救人。

每个周六的下午，背着画画的工具去老师的工作室。画室里整齐摆放着画桌，上面铺了羊毛毡子，白墙上粘贴了师兄师姐们写生的作品。

第一天来，先欣赏了墙上的画作，看哪张画都觉得好。

老师让我从简单的画线开始练习，我坐下来，握着毛笔，提着气，让线条粗细均匀，像小学生一样认真，时刻提醒自己，不要责备自己，不要着急，一切慢慢来。

画画的老师好看又温柔，"喜欢的事慢慢做，我们又不赶时间。"

书法班开课了，书法老师让我从王羲之的小楷《黄庭经》开始入门。

他先写一遍，让我看着他怎么落笔，一横一竖，一笔一画。

老师说："万事开头难，要多提笔，多练习，多找感觉。"

刚开始觉得这个找感觉的事很是缥缈，很难得找。

每每提笔，手总是情不自禁颤抖着。

不知为何，坐下来写字的时候，心会莫名安静下来，忘了烦恼，忘了腰疼。

当内心安静下来，才发现能够纯粹又专注地去做一件喜欢的事，是多么了不起，多么令人喜悦。

老师说要学会读帖，先读后写。一边写，一边观察自己写的结构与原版的不同。

祁老师说过："抑郁的人不仅需要心理治疗，和专业的心理

坚持自己热爱的事情 我们才能更慢地老去

医生沟通,还需要外部环境及内部环境的改善,以及合适的运动。"

抑郁的反面不是快乐,而是活力。

广场上有一群打柔力球的中老年人,领队的是两位身材窈窕的大姐,起转回合之间动作行云流水,特别优美流畅,每次经过的时候,总是忍不住驻足欣赏。

有一天路过的时候,看到她们歇息,鼓起勇气问:"我可以报名吗?"

马上得到了队长热烈的响应,我竟然还被大美女戏称:"你是我们最年轻的队员,是我们的希望!"

买了球拍球服,每天清晨按时到达。刚开始的时候,身体的关节都是僵的,站在队伍后面,总是不停弯着腰捡球,一遍一遍对自己做着心理建设,"没事的,掉球是正常的,没人会对你掉球感兴趣。"

从画画的师姐门前路过,进去拜访她。她的客厅也是画室,到处都是她的作品,那些花鸟山水真漂亮!对她的画功艳羡不已。

不一会儿,我们的话题跑到那个"毒闺蜜"的事件上去了,她恨恨地说:"这个世界烂透了,完全没救了,最好全世界统统

完成比完美重要

毁灭拉倒!"

我吃了一惊,完全没想到她也有如此偏激的一面。不敢多留,赶紧告辞。在回去的路上,我一边走一边捂着胸口,感觉到内心世界的动荡不安。

"我的情绪还不够稳定,容易受到外界影响,还是尽量少接触情绪不稳定的朋友,免得受到影响。"我这样告诫着自己。

以前每次同事来找我倾诉她生活中一堆的鸡毛蒜皮,我只是静静听着,我不知道怎么劝解别人,反而心情会受到影响,变得悲观。

我总怕自己不够善解人意会伤害了别人,从没想过,这些负面情绪也会对我产生影响。

汪曾祺在《人间草木》里说,一定要爱着点什么,恰似草木对光阴的钟情。

我又开始带着孩子们逛花鸟市场,遇到喜欢的多肉植物就抱回来。

在宠物店门前,我们每次都要和那只鹦鹉聊几句。"你吃饭了吗?"它每次都说这句。

"吃饭啦！你吃饭了吗？"我们问它。

它回答："谢谢，谢谢，我很开心！"

在小小的阳台上，种植着铁皮石斛、多肉、茉莉、兰花，等等。

在后湖公园散步，看到一群大爷坐在公园的角落，开心地喝着娃哈哈，内心也被他们的乐观传染。

一个人走着，沐浴在阳光下，身体温暖，心灵也慢慢温暖，和煦的阳光给了我们治愈。

一阵又一阵微风吹过，樱花树的花瓣纷纷扬扬，铺天盖地落下，像下着一场花雨，那么温柔。

站在树下的我有种无法言说的感动，"一棵树喜欢另一棵树，就在春天，呈上自己的所有。"

经过玉兰树下，看到树上的花苞慢慢绽开，像一只只驻足在枝丫上的大鸟，当它落下的时候，如一只只鸟展翅飞翔。

"玉兰的花瓣落下，像一只只飞鸟，趁我们没注意的时候，就要悄悄飞走。"

"我是笑起来整个春天都会摇晃的人，我是哭起来整个春天都会下雨的人"。

我如实记录着自己看见的春天，一点一点重拾着诗意。

毛姆说，一个人能观察落叶、羞花，从细微处欣赏一切，生活就不能把他怎么样。

女诗人秋子发来消息："我走在山间的小路上。燕七，还好吗？"

我回答："好呢！秋子也好吧？"

她说："好。"

我说："可能都不太好，还活着就好。"

我们隔得很远，我们都被生活所伤。可是我仿佛看到了，我们都有一颗闪着光的坚韧的灵魂。

当我的心尝试着安静下来，我感觉到自己的心，在一点一点地明亮、温柔。

明媚比忧郁还要多一点。

生活太苦了，我要自己去找点甜。

我要开心一点，要喜欢自己一点。就像晋人向内发现，发现了自己内心的深情。

我也想发现自己的内心，想知道是什么让我与众不同。

未必快乐
但会乐观

我重新回到那个简单、知足的自己,关注那细微而美的事物。在内心的旷野里,为自己的命运和职责有所行动。

一起画画的赵嬷嬷,有七十多岁了。

她戴着老花镜,坐在画桌前,一笔一画,比所有的同学都认真。

她喜欢一边画画,一边哼着我们听不懂的小调。

"您唱的什么曲儿呢?"忍不住问她。

"这是方言小调。"赵嬷嬷笑着。

受到她的感染,我的心情也变得轻松和安宁,好喜欢她那种做着自己喜欢的事时从内心深处溢出来的满足感。

游泳课只有十节课,十节课,我这只旱鸭子就能学会游泳了吗?有点不相信。

小时候,无数次在门前的池塘失足喝饱水的经历,记忆犹新。

每次下游泳池之前,总是不自觉回头看一眼坐在高台上的救生员,暗暗希望他们火眼金睛,倘若我不小心溺水,他们能一眼就察觉,第一时间跃入池中,救我脱离于水深火热。

瞟到泳池里,好几位年纪比较大的中老年人,正在认真地练习。

如果成功有捷径
那条路一定是坚持

有点惭愧,忐忑的我只是想完成今天的任务。

年轻的教练让我们背下口诀,根据他的指导去实践。

每次在水里憋气时,那种窒息的感受都很难受,每次换气时,都默默夸一下自己好勇敢。

刚开始总是呛水,每次从游泳馆出来,就要侧着耳朵,单腿蹦跶半天,让耳朵里的水流出来。

每节课都认真记下教练说的每句话,回家再看相关视频,我也是一个认真的好学生。

十节课结束的时候,真的学会了简单又不简单的蛙泳。

跟着柔力球的队伍去老年大学观看了演出,队长说:"欢迎你正式加入我们老年大学的队伍,我们非常欢迎你这位全市最年轻的队员!"

嘿嘿,我傻笑了一会儿,心中暗忖,我还幼稚得很,还是不提前步入老年大学的好。

赶紧退后几步并连连摆手,"谢谢队长鼓励,我是编外人员就行!"

我真的只能是自己的希望,离成为他们的希望,还差得远啊!

练习了一段时间过后,感觉到僵硬的身体慢慢变得轻松。

多年在办公室久坐,冰冻三尺,非一日之寒。现在想让身体变得柔软,也需要持之以恒的坚持。

每天主动关心孩子们,给孩子们温柔的笑容、温暖的拥抱。

我们需要的只是爱,每次拥抱,都感觉到需要和被需要。

孩子们也主动与我分享在学校遇到的事情,我们彼此信任,无话不谈。小妖对小怪的态度也在好转,"我的弟弟当然优秀了!"

"我姐姐更懂我。"不知何时,小怪已心甘情愿成为姐姐的"跟班",对她服服帖帖。

在爱莲的"问茶"喝茶的时候,一位常来喝茶的大美女对我述说她的故事,"我经历了最狗血的剧情,唯有拼命把自己从深渊拉扯出来,回想起来,那是一段痛苦挣扎的过程。"

真没想到,她经历了那么多磨难,却能笑得如此淡定从容。

她说:"我每天清晨起床,都会好好收拾一下自己,化个淡妆,对着镜子里的自己说'我爱我',我喜欢我现在的样子!"

"只要坚持反复肯定自己,就能让自己的心情变得阳光起来。"

也许她从我的状态中，看出我的抑郁寡欢，想给我一些好的建议吧！

在《丈夫得了抑郁症》的电影中，有几句台词触动心灵。

"完好无损才有价值，千万不能碎掉。"

活着的意义，先是活着。

"如果痛苦就别努力了，保持平常心就好了。"

接受自己的不完美，接受这个世界的阴影，接受不受控制的人生。

"即使天气由晴转阴，也比黑夜更加明亮。"

很多人都身处黑暗之中，有人沉沦，有人努力，像萤火虫一样，在黑夜里发出一点光芒吧！

我开始主动关心朋友，从关闭微信朋友圈，到现在每天看看手机。当她们不开心时，倾听她们心中的委屈。

我知道当一个人不开心时，多么需要一个人陪着坐一会儿。

我想给她们温暖，就像她们曾经无数次给我安慰和陪伴一样。

我现在相信，只要鼓起勇气，穿过黑暗的隧道，尽头就是光明。

我愿意成为一个更好的人，让这世界更美好一点。

最好的贵人就是拼命努力的自己

我选择希望。

起风了，唯有努力生存。

"晴云交替，就如人生悲喜。"

人生总有低谷和高潮，如果现在的自己身处低谷，就慢慢等待吧，不要为难自己，不要对自己有过多要求。

男主角说："开始是为了家人治病，现在是为了自己。"

我也是。

只有自己才能救自己，只有自己才能明白自己，什么也比不上瞬间卸下重负的感觉。

春江让我听那首《我也有想一了百了的时候》的歌曲，她特意叮嘱："要看视频版的。"

当字幕上打出"为了抒写浓烈的黑暗，先必须写深层的黑暗，人生亦是如此"时，汹涌而出的眼泪遮挡了视线。

我们来到这个世界的时候，没有人告诉我们，活着不是一件容易的事，快乐也不是一件容易的事。

当孤独侵袭的时候，当陷入黑暗沼泽的时候，对活着这件事太过认真时，就有可能钻牛角尖了。

寒冷的意义
是让你因此找到温暖

这位失去听力和嗓音的歌手,没有被突如其来的灾难打倒,而是用自己炽热的感情继续留在舞台上演唱,感动和征服了无数观众。

这首歌唱给她自己,也唱给无数在黑暗中挣扎的人们,听过这首歌的人们,又有了继续热气腾腾又苦逼的人生的勇气。

那些曾经流淌过的眼泪像一场滂沱大雨,我知道雨会停,乌云终将散去。

一个人走过黑暗,才明白光明有多美好,平淡的日子有多值得珍惜。

只要能够走过黑暗,就是奇迹的发生。

石川啄木说,秋天来了,像用水洗过似的,所想的事情都变清新了。

这个世界,多一个好人,就会少一个坏人。

多一个有活力的人,就少了一个忧郁的人。

河流、山谷、天空、大地都有自我洁净的能力,我的心灵为什么不可以?

我想成为一个更干净的人。

有美丽的梦想，有一天，成为我喜欢的样子。

喜欢阳光，喜欢花草树木，喜欢独自微笑，喜欢自己做着自己喜欢的事。

喜欢幻想着自己行走在蓝天下的山林，脚步轻盈，心情愉快，天空白云朵朵。

我感受到了神秘事物的召唤，这神秘的事物就是诗歌，写诗让我感觉到快乐。

我学习倾听，倾听自己内心的声音，也倾听外界的声音，我等待着诗句从天上掉下来。

世界那么大，我想走到明亮一点的地方去，让心里也亮堂堂的，我不想一直待在黑暗和寒冷中发抖。

我想把我内心的光亮挖掘出来，照亮自己，也照亮周围。我要更强大一点，不害怕这个世界。

除了我自己，没有人知道我经受过生活中多少琐碎的伤害，而忘却那些伤害有多难。

我看过的武侠小说中，那些剑客拥有着绝世的武功，既绝情又多情，无论多强大的人，都被这个世界所伤。

追光的人
终将光芒万丈

平凡的我依靠着孤独的力量，在最艰难的时候，就用置之死地而后生的勇气，慢慢走过去吧！

镜子中，我在自己憔悴的眼里，终于看到了春天。

这个世界，越来越温暖，我的心灵，也越来越柔软。

不知不觉，我好像已度过了人生最煎熬的时光。

如果抑郁是黑暗，那么我一定是看到了光明来临之前的希望。

所有的付出都是值得的，我在成为我想成为的人的道路上。

先是每周一、周四的上午与祁老师见面，后来改为每周一见面。我们保持着至少每周沟通一次的频率。

倾诉过后的自己，不再沉湎于往事，我把心思放在将来，放到自己想做的事情上。

从知道我写诗之后，祁老师给我带了许多书。有儿童绘本、小说散文、中外诗人的诗集等。

我以前的阅读面比较狭窄。祁老师带给我许多著名的诗集，有阿多尼斯的《我的孤独是一座花园》、本尼·安徒生的《如果这是世界上最后一首诗》、米斯特拉尔的《对星星的诺言》，等等。

在这些从未接触过的诗集中，我发现了许多让我感到惊讶的诗句，在那些诗句中，我看到了从未见过的意象。

原来诗还可以这样写，原来一位诗人还能有这样的想象力。

网购了好几部关于抑郁的书，想从中摄取对自己有帮助的力量。打开书之后，满目充斥着"自杀""自残"等刺目的案例，黑暗又沉重。

不敢看下去，看这样的书，徒增自己的心理负担，是对自己的二次伤害。

脑海里冒出一个想法，如果我能把自己的经历写下来，能否给被抑郁围困的人带来一点点帮助或安慰呢？

当我开始正视自己的心，我就觉醒了。周芳说："机器没有多余的零件，我们都不是多余的。"

我现在开始相信，我是这美好世界的一部分，世界会记得我来过我爱过。

我要找到我的位置，我努力让自己不下沉，就是让这个世界不下沉。

刚开始练习书法的时候，老师说有位师姐持续练习了五年时间，每天练字数小时，从不间断，目前仍在刻苦练习。

对于我而言，这简直是不可能完成的任务。我只想每天能坐下来，花一点点时间，把字写得周正一点就好。

当我安静坐下来，认真写字的时候，才发现书法是一种享受。

每当写了一个字，又接着想写第二个，第三个，总觉得下一个还能写得更好。

以前绝对想不到，自己可以安静地坐一个小时写字。

专注的写字让我忘记了腰疼，所以我想写字一定能治愈疼痛。

偶尔心头掠过一丝遗憾，要是我早些年坐下来写字就好了。

书法老师说，这是每一个开始写字的人都会有的遗憾。

网购了一批纯白的手提袋，准备手绘布包。

鼓励自己说，我画得不好，但是我敢画啊！

画了一条鲸鱼，画了很多条鲸鱼，自我感觉还不错。

送给朋友们，个个都不吝赞美之词，把我使劲夸了一番。

看到什么就画什么……再丑的布包也能找到它的主人。

好像对自己越来越宽容了。

想开一个网店，出售自己的诗集和手绘布包。

到工商局去咨询怎么办营业执照，跑了好多趟，终于递交了

把时间浪费在美好事物上
然后遇见更好的自己

材料。

营业执照下来了,又去新闻出版局办了图书经营许可证。

一步步摸索着,网店终于开张了。

我跟祁老师说:"我一直想着什么时候去一下景德镇,倘若把一只鲸鱼和一句诗印在一个杯子上,一定也挺好看的吧!哪怕想法不切实际,能去景德镇走走看看,也是一种收获。"

祁老师非常赞同:"人生有很多种风景,也有很多种可能,勇敢一点,路会越走越宽阔。"

我现在已渐渐远离那些负面的情绪,让自己的身心处于轻松的氛围,寻找着自己感兴趣的方向。

虽然今天没有什么好事,但没有坏事就是好事,是值得感恩的一天。

我现在知道积极的自我暗示是对付恐惧的利器。

我尝试着跨过心里的坎,只要我不想打败自己,就没有任何人能来打败我。

我能感觉到抑郁那朵乌云的重量在变轻,不再像大山一样时刻压得我喘不过气来。

生活给你这么多磨难挫折
只因你本就是主角

每天在电脑上写下的日记,像对着树洞倾吐心中的垃圾,让我的心情慢慢变得轻松。

我发现,在众多的业余爱好中,唯写作与阅读,早已深入骨髓,早已是我精神世界重要的一部分。

宁可三日无美食,不可一日无书读。

时间让我对写作的偏爱如真相渐渐浮现出来,总是一个人坐在电脑前敲打着,不再羞于承认自己是一个诗人。

夜深人静时,想要通过阅读与写作,一步步走得更远,走到更广阔的世界中去。

不是等到看到希望才去做,而是做了才能看见希望。

只有一次的人生,我要提灯前行。

与此同时,我也在学习"舍弃",两三样爱好足以,顺应自己的内心,不勉强自己,不增加自己的负担,有些爱好偶尔为之。

不断舍弃的还有与痛苦的纠缠,辗转反侧的失眠,和那些可怖的噩梦。

爱莲说:"成年人的生活都不容易,许多人看上去过得光鲜,走近了看,都有自己的难处。所以我每天都会提醒自己开心一点。"

江南说:"谁没有受过苦难?谁没有被生活重锤过?只要我不认输,就没有什么能打倒我!"

春江说:"当你不知道该怎么办的时候,就不要草率做出决定,先站在原地,总能想到一个好的办法。"

祁老师说:"不要总觉得自己亏欠任何人,你谁都不欠,你亏欠的是你自己。每个人都是独特的个体,不要再低估自己。我们天生都是不完美的,要学会接受有缺陷的自我和不完美的人生,不断自我进化。"

我知道,明天又是新的一天!没有什么坎是跨不过去的,没有什么痛苦是无止境的,时时提醒自己说,眼睛长在前面,是为了向前看哪!

心理治疗帮助我创建了更积极乐观的态度和思维方法。

和祁老师交谈时,无论是他的倾听,还是他与我一同建立着未来的计划,都让我感觉到自己处在安全的环境里,让我感觉自己是有价值的。

我学着对自己宽容,允许自己虚度时光。允许和鼓励自己去做想做的事情,接触使自己感觉更好的事物。

在他的帮助下我打破了那些消极的自我暗示，淡化了过去生活中的悲伤，让我看到无论我处在如何糟糕的环境中，我都有力量推开那些阻碍我的大山，勇敢地向前走去。

在谈到曾经在吃药这件事上反复犹豫时，他说："我个人认为，你的问题不是太严重，不用通过药物就能回归到平静的生活。一定要学习积极自救，在最黑暗无助的时候，要让自己不具备走上绝路的条件。"

每天做着喜欢的事，让我陶冶了心情，修养了身心，精神得到放松。

与朋友的交往让我不再患得患失，我相信我们能够维持一辈子的友情。我们曾一起见证过彼此生命中的许多重要时刻，我们需要彼此。

当我开始运动的时候，我觉察到清新的空气扑面而来，鸟语花香在我周围环绕，运动让身体重新充满活力，无助绝望的情绪在不知不觉间消散。

我的内心开始有了力量，抑郁的乌云在慢慢弱小。

我不再想着去逃避它、消灭它或战胜它。

我希望了解它、化解它，走出它。

我不再想着去拯救世界，先拯救自己更重要。

但时而低沉的状态，让我知道自己心灵的感冒并没有痊愈，抑郁的乌云随时都会再次飘来。

我问祁老师："什么时候我才会好？真正完全地好起来？"

他回答："等你把自己当成一棵真正的树，而不是一棵杂草的时候。"

去见你想见的人
去做你想做的事
趁阳光正好
趁微风不躁
趁你未老

Chapter 6

无数次站在悬崖的边缘

孤独太巨大，无力抵挡
仿佛千万只鳞虾
填不饱鲸鱼的胃

—— 燕七

萤火人

我们得接受失望
因为失望是有限的
但请别放弃希望
因为希望是无穷的

我妈照顾小怪兽，我陪伴着小妖。

小妖每天的时间紧张，要提前做好饭菜等她放学，行军打仗一般吃了饭又奔去学校。

租房子的地方是一个小村子，都是陪读的家长。

生活简单又安宁，每天早上去菜市场，挑选新鲜的食材，空闲下来看看书，写写字。

晴朗天气的下午，一个人会出门走走。

桂花的香气恍然若梦，梧桐树的叶子慢慢变黄，慢慢落下来。小河边的木槿树上开着单瓣的花朵，每次路过时都要停下脚步看看。

若是阴雨绵绵的季节，则感觉到不适。

简易的房子，非常潮湿。雨天会感觉到双腿因潮湿而酸痛无力。

再冷一些，刮风的日子，窗外的狂风呼呼吹着门前的树枝，让人的骨子里泛起寒意。

看到一句话说："诗人要小心秋天。"

为什么要小心秋天呢？因为诗人喜欢伤春悲秋吗？

下雨的日子，那朵乌云仿佛也飘来了，一直停在窗前。

周末和小妖回到家中，小怪兽喜出望外，好像与我们分别了许久一般。

带我妈去做了体检，她的体检报告上血压、血糖、血脂的指数都偏高，都让我心情颇为沉重。

过几天后带她去医院复查了血糖，已是Ⅱ型糖尿病，血糖指数远远超标，医生让马上住院。

住院？没有任何思想准备，但瞬间还是下了决心，老母亲的病情不能耽搁，决定马上去办住院手续。

我妈十分着急，"孩子们怎么办？谁来照顾孩子呀？"

"治病比较重要，孩子不用担心的，我有办法。"我安慰着她。

办了住院手续，安顿好我妈住院后，赶紧回家做饭，再赶到学校去接小妖，到了家门口，放学的小怪兽已在门外等候多时了。

叮嘱了孩子们自己顾好自己，然后又送饭去医院，接着带我妈去做各项检查……

在北京工作的妹妹非常焦急，"需要我请假回来照顾吗？"

我说："不用回来了，住院是为了控制血糖指数，并不是生

一场无法抵御的大雪
只下在母亲的头上

活不能自理,不用担心,过几天就能出院了。"

在医院里,我妈的心情异常焦躁,"这个病不一定非得住院吧?我在这里头痛,我能不能出院?"

我妈生着闷气,我知道很少住院的她,很不习惯医院的环境,总觉得这里空气不流通,心里闷得慌,况且也不放心家里的两个孩子。

少不得坐下来跟她做思想工作,劝说她好好养病,听从医嘱,赶紧把血糖控制好就可以出院。

同病房的病友也帮忙劝说着:"老太太不能任性,要听医生的话,我老娘前年就是不听医嘱要出院,结果后果很严重。"

又去跟管床护士商量,请她对我妈多些耐心和劝导,让她安心住院。

小护士的态度很是和蔼可亲,"现在可不能出院,血糖太高了很危险,会引起严重的并发症,你只有好好配合治疗,把血糖降下来,我们医院才会同意您出院。"

多管齐下,才让我妈的心情稍稍稳定。

每天奔波在家里和医院之间,孩子们上学后,去医院陪我妈

家家有本难念的经
然而上天偏给了我一本
梵文版

聊天，小护士说只可以适量吃些白萝卜、黄瓜、小西红柿之类的水果。

我妈为了早些出院，很听护士的话，正餐和水果的分量都控制着。

她在医院里，失眠很厉害，吃了医生开的安眠药，一点儿效果都没有。

她又开始焦虑，"本来没有这么多毛病，肯定是住院住坏了的。"

"为什么每天查好几次血，血糖指数还是反反复复，是不是医院是骗人的？"

我妈每天都要问无数遍护士："我什么时候能出院？"只要我去了医院，又催我去再问一遍。

每次听着她唠叨，都压力山大。"医院巴不得你快点出院呢！你要是控制好了血糖，医生马上会让你出院的。你看这病房里每天都有人进进出出，还有人排着队等着进来住院呢。"

征得医生同意，白天不查房的时候，她可以在医院门口的后湖边溜达。

小妖的班主任找我谈话,"这次摸底考试,你家丫头在年级的名次倒数,这段时间的学习状况也极差,上课总是睡觉,找她谈心又总是不吭声,你了解一下是什么情况?"

班主任语重心长,我的心沉了下去,感到无助而茫然。

小妖怎么了?她遇到了什么事情,为什么不愿意跟我说呢?

小怪兽的学习也有后退的迹象,问他怎么回事,他说最近一直坐在最后排,看不清黑板。

老师让每天在手机上做作业听英语,对他的视力也有影响。

周末赶紧去医院看了眼科,明亮的眼睛不知何时已成弱视。

什么事情刚开始发生的时候,都会感觉无比严重。

年少时,我们都曾相信人定胜天,现在连逆着人群走路的勇气都不够。

夜里躺在床上,腰酸背疼,晚上又开始睡不着,对自己各种嫌弃,"连孩子都照顾不好,学习不进反退!"

"眼睛多么重要,如果近视了,就得戴眼镜了,唉!"

"我妈为什么又开始任性呢?总是不听医嘱,偷偷吃东西,血糖一直不稳定,每天都让人不省心……"

冬天又冷又灰暗
而你要又暖又明亮

　　做不完的家务也等着自己，我妈身体好的时候，我还可以躲躲懒。她住院了，我得每天早起，给孩子们做早餐，还得买菜洗菜做饭送饭洗碗洗衣服……

　　那么多琐碎的事缠身，让人感觉疲惫不堪，腰椎又开始变本加厉地疼痛。

　　真想找个树洞钻进去冬眠，一觉醒来，春天就来了。

　　夜深人静，独自面对着自己的灵魂。人生本来就是孤独，我们孤独着走向长夜尽头的黎明与星光。

　　回想起来，我在仙居顶的山顶看过日出，也在去上班的路上看到日出，当它脱胎于深深黑暗的那刻，美得令人震撼。

　　经历过孤独绝望的人，会有一种使命感，会接收到自己来这世界一趟的使命是什么。

　　我们从正常的生活轨道脱轨，向低处坠落，如何着陆很重要。

　　如果抑郁是无法打败的，我只能去更深地感受它，接受它，把它视作一个特别的时机。

　　毕竟不是每个人都会收到抑郁这份礼物。我们遇到的悲伤、愤怒等，也是我们完整人生的一部分。

喜欢刘慈欣的一句话:"我们的存在就是一种奇迹,仅仅是活着就很了不起了。"

半个月之后,我妈可以出院了,我办了出院手续,对她的生活习惯并不放心,年纪越大,越像小孩子一样。

仔细叮嘱她医生嘱咐的事项,并让孩子们帮我监督。

我妈的生活习惯是荤腥不忌。她若三天不吃肉,就在家里叹气,"天天吃斋,我的高血压成了低血压了!"

让她定时定量就餐,她吃了饭一会儿就到处找吃的,"你忘了住院的时候医生怎么说的?"这才刚出院,忘得也太快了吧!

"阎王让你三更去,不会留你到五更。"我妈很淡定。

三天两头,她借口想做饭,亲自去附近的菜场买了食材,把我从厨房赶出来。

她不喜欢鱼虾牛羊肉,只喜欢猪肉,尤其是偏肥的那种,例如猪蹄、五花肉。

看到我妈夹了一块猪蹄到碗里,小妖劝她,"姥姥,你有三高。"

我妈若无其事,"没事,死不了!"

"吃饭了出门走走吧!姥姥。"小怪兽对她说。

"腿酸，走不动。"我妈的眼睛盯着电视，身子一动不动。

我妈对我们说的话已有了免疫力，根本不在意我们有多担心。

以前她不是这样的，可能这和我们搬来这个城市有关，她失去了熟悉的朋友，心里总有失落感。

看着她像个任性的孩子，我这颗心时上时下，不知如何是好。

来不及顾及自己的心情，又要去重点照顾小妖。

约了小妖好朋友的妈妈见面，向她请教为何小妖最近这么消极，完全没有学习的主动性？

她说："我也看到她最近不开心，脸上写着不高兴，我让我家田田了解一下吧！"

"她遇到一件事情。班主任问谁愿意当值日生，班上所有的同学都不吭声，只有她举手了。"

田田同学说："当值日生是件吃力不讨好的事情，班上有几个很痞的男生，谁都不敢管，自习课时他们不遵守纪律，小妖不但批评他们，还记了他们的名字，他们被班主任批评了，从此就为难小妖，嘲笑她，孤立她，小妖被针对后就一直郁郁寡欢。"

在大人眼里轻描淡写的事情，在孩子眼里，已极其严重了。

每个人的一生都是上帝手写的童话

了解到这些"内幕",我怀着歉疚的心情,与小妖沟通,"亲爱的,遇到委屈的时候,有我永远站在你身后。"

"太可恶了!"小妖哇的一声就哭出来了,"我真不应该分到这个班,全理科太难了,现在一个好朋友都没有,我心里很难过,要不是舍不得你伤心,我真不想上学了。"

提到同学,小妖脸色愤懑,全身颤抖。

"你受了那么多委屈,还能这么坚强,比我厉害多了。"我夸奖着她。

"真的吗?我的学习现在这么渣,你也不怪我吗?"小妖半信半疑。

"我更希望你做个快乐自信的女孩。你知道吗?有些人中伤你、反对你,却又想成为你。"

我安慰着小妖,却无法安慰自己。

我感觉全身又洪水般漫过强烈的悲伤,像雨天骨头里陈年的酸痛提醒着我,抑郁又反扑过来了。

所有失去时的孤独感,再次浮现。

那种无助的感觉像一座乌沉沉的大山又来压迫在我的胸口。

我甚至可以触摸到它,它证明我需要承受的折磨无边无际。

我的努力没有让我获得解脱,反而像陷入流沙之中,越是挣脱越陷得深,加重了我竭力想要挣脱的痛苦。

都这么努力了,还是无法挣脱抑郁的束缚,这让我更加悲观,伴随着失落、无能的感觉,新的痛苦又向我亮出了獠牙。

心里又充满了负罪感,整个人的状态衰弱不堪,我知道我必须警惕。

我宁愿得的是别的病,宁愿忍受身体的疼痛,我永远都不想再次陷入抑郁的泥潭!

食物失去味道,万物失去光泽。活力美好无法感受,明亮快乐与我绝缘,那是一种与一切美好事物隔绝的感觉。

再没有力气完成自己罗列的任务,每天从床上挣扎着爬起来,就需要费很大的力气。

我像是一个走钢索的人,每一步都可能滑向深渊。

朋友从远方寄来红酒,我搬去"问茶"。爱莲说:"最近心里郁闷,正好想喝酒!"

叫了外卖,江南、爱莲和我在一起小酌。

我们得接受失望
因为失望是有限的
但请别放弃希望
因为希望是无穷的

"画画怎么样了？"江南问。

"早没心情画了。"我淡声说。

"写字呢？没放下吧？"江南再说。

"不想写了，没写。"我好像连说话的力气都没有了。

"没事，一切都会好起来的。"江南眨着眼睛笑。我想起来，很久以前，我们一起笑起来，眼睛会发光，整条街都能亮起来。

一切都会好起来的，只是不知道还要等多久。

喝着喝着，我的眼泪就在眼眶里打着转儿。要仰着头，眨着眼睛，才不会滚落下来。

我还是爱哭啊！一路都在哭，但愿我一直在往前走。

爱莲说："哭出来好，哭也是一种发泄，哭出来心情就好些了。"

然后我们看着她晶莹的泪水大颗滴落，我知道这段时间爱莲母亲心脏病住院，都是她在照顾，而她的家庭和身体也出了一点状况。

"我不明白，为什么爱莲老师这么完美的人，也有人忍心伤害她。"问茶工作室的一位90后小美女在一旁低喃。

真是像我一样的傻孩子!

不敢多问,不敢触碰,怕对她又是一次伤害。

低头的刹那,任大颗大颗的眼泪砸落在地上,只是沉默喝酒。

如果不是小妖需要陪读,如果不是身体不够健朗,我一定愿意去工作,而不是整天待在那寒冷的出租屋,做一个信息闭塞的人。

父母在一天天老去,而孩子还需要很长时间才会长大成人,这辈子就这样活着吗?生活好像看不到希望……

喝下两杯冰冷的红酒,胃里很难受。我第一个趴在桌上,此时是我最清醒的时刻。

我又在想,我是怎么把自己逼到这份上的。

我为什么抑郁了呢?回想这几年的经历,那么多悲观无望的时刻,好像一颗心早就碎掉了,再也无法让它完整。

生活中的各种压力一起向我侵袭,心情灰败无比,只想痛快地大哭一场。

这突如其来的崩溃似乎毫无道理,又似乎顺理成章。

那么渴望温暖的我,与世无争的我,与这个世界总是格格不入。

能哭着吃完两碗饭的人运气都不会太差

飞鸟说:"你是活在童年世界里的人。"

府河放牛说:"有谁会忍心伤害你这么单纯的珍稀生物?"

无法控制我的悲伤,仿佛汹涌的海浪在寻找着缺口。

无法阻挡的眼泪迅疾冲破了防护堤,泛滥成灾。

为什么一个人的眼睛里能藏着那么多眼泪呢?

为什么一个人的身体里能藏着那么多悲伤?

爱莲和江南在那里拼酒,我一个人就那样趴着,无声泪崩。

想找一个无人的山谷,在那里歇斯底里吼几嗓子。

想把空酒瓶丢下山谷,听那粉身碎骨的响声,希望那粉碎的是抑郁,抑郁从此抽身而去。

大哭一场之后,仿佛一下子轻松了许多,又能面对生活中的许多困难。

与这个世界保持一点距离吧,虽然孤独,却会减少很多痛苦。不管多么艰难,至少我还活着。

世间充满了不确定性,不确定性才是这世间一切的正道。

我活了这么多年,还活在这个世上,我想我的幸运神是喜欢我的。

爱与被爱是世界上最重要的事

即使身在阴沟里,仍然仰望星空。

天空中,最微弱的星星也在努力发出光芒,为黑暗中仰望星空的人们带去希望。

和小妖的班主任约着见面,恰好是晚自习的时间,在办公室外面等待的时候,看到下课后的同学们纷纷都去请教自己不懂的难题,老师耐心地逐一讲解。

在这一波又一波充满求知欲的队伍里,唯独没有看到小妖。

在教室外面,远远看到小妖埋着头趴在桌上,显得那么孤立无援。她已经放弃了自己的学习了吗?

等上课铃声响起,孩子们纷纷进了教室,班主任的办公室才安静下来。

我跟他谈了小妖遇到的事情,对孩子的颓丧感到忧虑。

他把小妖喊过来,当面鼓励她:"你是一位非常有正义感的孩子,班上的好多同学都很认可你,喜欢你。你应该早些来跟我说你遇到的事情,我一定会坚定地站在你身后支持你!"

已经给自己贴了"最失败值日生"标签的小妖,在老师面前哭出声来,"老师,别怪他们,我知道我也有做得不够好的地方。"

"老师最喜欢不懂就问的学生，老师希望每次下课的时候，你能像其他同学一样，来追着问我你不懂的题目。"

班主任是物理老师，而物理一直是小妖的弱项。

晚上睡觉的时候，小妖悄声对我说："妈妈，我以为没有人理解我，没想到老师这样支持我。以为同学都不喜欢我，没想到还有人在背后为我说话。我一直感觉寒冷，孤立无助，现在内心又有好多温暖，我找到了重新好好学习的动力。"

我陪着小妖制定着可行性学习目标，"你这段时间掉了许多课，我们先抓一门课程，每次考试前进一点点，好不好？"

"好。我对自己有信心。"小妖点头。

"老师说，希望你下课能去问题，你会去问吗？"我问小妖。

"当然，从明天开始，只要下课有时间，只要有不懂的题，我就去追着问老师。"小妖认真地说。

"如果你需要任何帮助，我都会帮助你。不管发生什么事情，我永远都是最爱你的人。"

我握着小妖的手，第一千次说出我心底的承诺。

我感到自责，是我忽略了孩子发出的信号。她已经不开心很长时间了，可我并没有察觉。如果不是班主任及时找我了解情况，我还会一直糊涂下去。

但愿小妖是真的放下了心灵的包袱，但愿她经历了这小小的挫折过后，能学习着应对生活中源源不断的困难。

总觉得是孩子们在陪伴着我一起成长，而他们成长的速度比我更快。

嗯，有时候我们都是怪物，温柔又可爱，不为人所知。

短暂的秋天一下子就过去了，寒冷的冬天已来临。

小妖上学去了，一个人在越来越寒冷的出租屋里，除了买菜做饭，其余的时间都抱着热水袋躺在被窝里看书。

有时我也想做点坏事，避免心情往更坏发展。

例如在夜晚无人时，去学院的墙角偷折一枝梅花，藏在袖子里带回家，让梅的香气带着自己的思绪安静下来，或者走远。

有时候在午后一直走到无人的田野，看看那些荒芜的旷野，那些失去生命的小河，想起童年时，一条河流里有多少生命在繁衍生息？这个世界失去了那么多珍贵的东西，可是我们并不知道珍惜。

等一朵花开
需要很多的耐心和微笑

走累了,再慢慢走回来。心灵还是感到孤独,却再没有那么多眼泪像自来水一样随时泛滥,慢慢沉寂下来的孤独让我重获宁静与丰富。

好好活着,才能好好去写。倘若没有人懂我,那我就成为最懂自己的人。

努力让自己倾心于做饭,怎么给孩子做色香味俱全的一日三餐是我的首要任务。

想起不久前总是习惯性自我否定,以及忽略自己的感觉和需要,忽视了很多东西……现在我的进步有多少呢?

和从外地出差回来的祁老师谈了这段时间发生的事情,以及那些压迫着自己心灵的负担。

我的忆记力太差,经常说着说着就会断片,忘了自己在说什么。

每当这时,祁老师总是耐心地等待着,或者假装不经意重新开始另一个话题。

祁老师说:"这个社会总是要求我们正常,即使有很多令我们不正常的原因,无论如何,我们总能找到很多活着的理由,这

征服你自己，而不要征服全世界

些理由有的来自当下，来自我们的家人，有的来自未来，来自我们内心对未来的美好渴望。

"抑郁不是世界末日，只是我们暂时与世界脱节，是身体发射出来的信号，借此改变我们以往的生活，这是新的开端，是充满希望和挑战的旅程，是一个转折点。每个人都有无限的可能，人生就是不断地完善自己。"

"一定很困难吧！"我仍然茫然。

"我们的大脑都有很强的再生能力和重建能力，当我们被困在抑郁的状态之中时，有时候只要改变一个想法，就有可能通过连锁反应来影响整个世界。如同化学反应，一旦开始往好的方向运转，接下来大脑系统将会发出召唤，将沉睡的自我唤醒。"

担心自己的"不开心"会传染，对祁老师说："太抱歉了，总是在向您倾诉心灵的垃圾，希望不会影响到您的心情。"

祁老师温和地说："不要紧，我不会受到影响，这是我的工作职责，是一个合格的心理医生必备的素质。"

和祁老师沟通了这么久，我还没有完全走出抑郁的阴影，这远远超出了我的预期，我本以为两三个月，最多半年时间就可以痊愈，我对自己的状况估计得太不充分了。

我羞愧地说："我在用蜗牛般的速度前进，我自己都看不到自己有明显的变化，心里还是有很多很多的迷茫，我是一个看不到方向的人。"

谈到方向这个话题，祁老师帮我出谋划策，"可以开自己的工作室，写广告词之类的。"祁老师继续思索着，"或者你多看看儿童绘本，你会有这方面的写作天赋。你能用最温柔的方式去描述心灵的渴望，没人不会爱上如此诗意的语言和意境。"

说到我喜欢的写作，祁老师说到绘本作家熊亮，说他去参加全国绘本展的时候，遇到熊亮老师，知道他是非常有想象力的作家。

好奇的我去网上搜索了一下，熊亮老师获得过国际安徒生绘本奖。买了几本他的绘本来看，被那诗意的语言吸引了。

加了熊亮老师的微信，本以为遥不可及的两个星球的人类，没想到竟然可以认识，可以说话。

和熊亮老师聊了几句，他说："这段时间在法国的乡下，晚上爬到湖边的树上看月亮，不小心掉到湖里去了，太寒冷，恍恍惚惚睡了几天才苏醒。"

"在乡下干什么呢?"

"一位法国朋友,是位童话女作家,她的门前长满了杂草,说是她种的风,我也去听风啦!"

原来还有这么有趣的人啊!

或许不是我不合群,只是我没有遇到合群的人。

把这件小事讲给祁老师听,他非常高兴,"你的心灵会发光,你也会成为那样优秀的人!"

和祁老师对未来的规划本来以为是天方夜谭的闲聊,静下心来想一想的话,似乎又不是不着边际的。

我知道祁老师在努力发掘我的优点,让我对自己多些认可。

也曾在网上搜索抑郁症。有人说,能去医院看或者与心理医生沟通,基本就好了一半。

祁老师从专业的角度,通过学识和经验来帮助我,向我提出积极的建议,鼓励我向前迈步,引导我去认识自己,指引我寻找解决问题的方法。

祁老师说:"你所经历的一切都会成为灵魂里的一部分,没

比寻找温暖更重要的
是让自己成为一盏灯火

有打倒你的,都会使你更坚定地往前走。"

一定是这样,世上没有白走的弯路。

经历过的那些寒冷的日子,让我对温暖的生活有更深的渴求。抑郁让我感觉到灵魂的存在,我仿佛离我的灵魂很近。就像黑夜拥有寂静与群星,我拥有自己平凡又不平凡的心。

在独处时,我洞见灵魂的澄澈与明亮。

现在的我时而仍在悬崖边上徘徊,心情在抑郁的边缘摇摆,我能感受到那无法言说的悲伤和对光明的渴望,让我想要更进一步探索自我,让心灵指挥身体去完成看来不可能完成的任务。

假设我已经死去,生命结束,以后的时光都是额外的礼物……我为什么不能为自己而活,活得更美好一些?

我们心情美丽的时候,才会看一切都美丽。

我知道我有多勇敢。

当我再哭的时候,我的脑海中会有个声音说:"你哭什么?你又没有拼尽全力。"

有人活一百岁也没尝过痛苦的滋味,然而一点儿也不值得羡慕。

我怕死吗?

我想我更怕没有好好活过。

我们都有自己的骄傲,不可以把伤口都袒露给别人看。

陷入抑郁中的人,有朋友陪伴也会孤独。

许多美好的时刻,都是孤独的,无人分享。

当我孤独得像是被这个世界抛弃的时候,我决定一个人走过这段孤独的路。

我只要走好当下的每一步,过好今天即可,明天的事明天再说。

让我们感动的,是这个世界上任何事情常常都有转机。

时间是静止的
而我们在流淌

Chapter 7

我们一起大笑，可怕的东西就会跑光

我们躺在荷叶上
数一盏一盏熄灭的星星
等所有的星光都沉睡了

亲爱的,
我们把自己挂到天空去

—— 燕七

萤火人

伤口是光进入你内心的地方

总记得第一次去花山，看到那一望无际的花海，被那种浩瀚的美震惊到。

花山为什么那样美？

不是一朵花，而是千千万万朵花一起盛开。

我们怎样才能更快乐？

我发现，不是因为一件"大喜"的事，才能将自己拯救。

而是从最小的、似乎没有任何意义的事物中发现价值，发现快乐，达到内心的平静。

再小的溪流汇集在一起，也能奔涌向大海。再小的快乐，也会累积成巨大的满足。

一位朋友的座右铭是："你只管善良，福报已在路上。"

无论写作也好，看书、陪伴家人……只要是做喜欢的事，都会让我轻松。

只要我想好起来，我就能好起来。

春天又一次来到，万物复苏，窗外的鸟在鸣叫，街上的每棵树都生机勃勃。

我也想要复苏。

为了家人,为了自己,为了朋友,为了这个世界,想要变得更勇敢一些。

从最简单的小事做起,从晒太阳开始,据说抑郁跟太阳有着关系,阳光给人带来生机,雨天会让人感到体乏无力。

诗人娜夜说:"你们每天能在阳光下晒背,是多么幸运啊!"

晴天的时候,搬一张椅子在阳台上晒太阳看书,像一只猫,背对着窗外,晒得身体暖洋洋的。

等着那些温暖的阳光一直晒进心里去,成为一个内心明亮的人。

以前看林清玄的散文,看到他说"活在当下"。

他说只有活在此时的人,才能在黑暗与光明中,既不回避,也不逃离,以自然的态度来面对人生。

我们总是对明天寄予厚望,却在此时得过且过。

很多次对自己说:"明天再说吧!明天再早睡早起,明天再出门。"明日复明日,明日何其多。

当我不愿意动弹时,我知道是最该起身运动的时候。

对自己说:"不要等到明天了,现在就出门看看。"

青春永驻就是在最终的时候实现最初的梦想

晴朗天气的清晨,从在阳台上坐着晒太阳,去后湖散步。

在春天,湖边的那些树,那些花,一天一个样子。

腰疼的缘故,脚步走得很慢。

边走边看湖边的垂柳萌出新绿,晒太阳的老人坐在湖边的长椅上,孩童在眼前奔跑,阳光和笑声都沾了满身。

在湖边修剪树枝的园丁一定是最惬意的职业,他们整天与草木相伴,时而把一些草木挪到别的位置,又把别的位置上的草木挪过来。

他们打扫林荫道上的落叶,累了就坐在路边的长椅上休憩,他们还用长长竹竿的网兜,去捕捞湖面的落叶。

一群群小鱼,就在落叶的掩护下,仰望蓝天。

总是走到那棵紫玉兰树下站一会儿,看它打算什么时候开花,想最早知道它们开花的消息。

在湖边,最先盛开的是绚烂的迎春花。

金黄色的花朵,在阳光下打开,没有一朵偷懒。

每次湖边漫步时,微微的春风吹拂着,仿佛有什么温柔的事物在触动着心灵。

**生活让人沉闷窒息
但只要你跑起来
就会有风**

无数次走过的后湖,每天仍然给心灵带来新的感动。

听到树上鸟儿彼此呼唤与应答,内心仿佛有一支歌在轻轻应和着。

不知不觉,可以围着湖边慢跑了。

城市似乎离大自然很遥远,只能在小小的公园中遥想回忆徜徉在大自然中的那份惬意。

当我在小粮库工作的时候,那十年时间,我的世界只有那小小的粮库。

那时整天渴望着到外面的世界去,遥远的地方才有风景。

当我终于去了远方的京城,尝过漂泊的滋味,再回到故乡,偶遇了一群摄影师,周末的时候一起去爬山,我才真正接触到家乡的大自然。

才知道最旖旎醉人的风景,就在身边。

就像是蓦然回首,那人却在,灯火阑珊处。

每次到了山顶,摄影师们去拍摄风景。

我一个人找棵树坐下来,目光所及之处,白花菜、珍珠花和映山红生长在一起,布谷鸟的声音很好听。

第一次看到花山，是初夏的五月，面对铺天盖地汹涌的花朵，一下子被震住。

　　行走在漫山遍野的花海中，无法用语言表达自己内心的激动。

　　一群鹭鸟在一望无际的金色花丛中若隐若现，它们一会儿落入绚丽的花丛中，一会儿飞到半山腰的几棵松树上。

　　只需要一点点阳光和雨水，绚烂的花儿就破土而出。

　　它们的花期漫长，每年五月中旬的时候盛开，九月才凋谢。

　　柳林河是一条幽静的小溪，藏在深山中。

　　每年春天，都想去那条路上走走，路边青竹幽幽，溪畔长满了菖蒲，潭水清澈，黑色的豆娘在小石桥下飞来飞去。

　　蹲在溪边，轻轻翻开一块小石头，下面时常趴着一只小螃蟹。又笨拙又可爱的小螃蟹，慌慌张张跑开，又去钻到另一块小石头下面的缝隙中。

　　春天时，柳林河的上游满是野杏花林，野杏花盛开的春天，有人在山林深处唱山歌。一阵微风吹过，花瓣和着山歌落到溪水里，顺溪而下。

　　柳林河的对面是龙溪沟，龙溪沟的上游是白云洞，几百年前，有道士在洞里炼金。

倘若是夏天去白云洞，山上荆棘丛生，铁定找不到上山的路，需要当地人当向导，向导须带一把镰刀，重新辟出一条路来。

有一年，我们去爬龙溪沟，迷路了，直到月亮升起，才穿过满山的荆棘下山来。

在高高的山顶，我看到了夏日黄昏的稻田。

金灿灿的田野，稻浪一望无垠。那是我看过的最好看的黄昏，天空中聚集着蘑菇云。

许多年过后，那天的云朵仍令人难忘。

许多美好的事情遇见都不容易，都是以秒计算的。

春天的柳林河，夏天的花山，秋天的乌桕树，冬天的仙居顶……每一天、每个季节，都有美好的事情发生。

我在大自然的变幻中，看到了无穷尽的快乐，非亲眼所见不能领略其美好。

想念家乡的大自然。

比以前任何时候更想念家乡的草木，如果不回到家乡的山上走走看看，会感觉这一年白过了。

任何值得去的地方都没有捷径

有人说,"若你很想很想一个人,就能见到他。若你很想很想做一件事,就一定能实现。"

前提是把想法付诸行动,如果没有行动,很想也只是空想罢了。

和江南约着周末去三里寨坡的野樱桃谷,我开着车,行驶在坡陡路急的羊肠小道,如同过山车般起伏不平的山路,孩子们在车里兴高采烈。

该怎么形容呢?当我们看到那一片片绯红的云挂在树枝上,我们都安静下来,只是静静眺望着。

被摄影师们发现的几万亩野樱桃林,是一片真正的世外桃源。我们站在一棵树下,风吹来,缤纷的花瓣落下来,落得满头满身。

我们都成了缤纷的人。

回来的时候,我们去了柳林河,在一片绿茵草地那里,一棵大树的树荫给这里带来荫凉。

我们坐在树下,看云、发呆、野餐。

鸟声啁啾,清爽的风吹来,吹散了疲倦。躺在树荫下,草地柔软,好久没有这样躺在大地的怀里。

不幸的是经历
幸运的是你的坚强

洁白的云朵在蔚蓝的天空缓慢飘动，和煦的阳光照在脸上和身上。孩子们在身边欢快地奔跑着，空气中荡漾着野金银花的气息。

我们去河边捡石头，看到形状合乎心意、表面光滑或纹理特殊的鹅卵石，就放在兜里。

不知道的人，还以为我们在淘金寻宝。

不一会儿，就捡了一堆石头，找个地方把石头再挑选一遍，喜欢的带走，没看上的仍留在河边。

回到家里，把石头洗净晾干，就可以根据它的形状和特点，在上面画画了。

倒车的时候，不小心把车后轮陷到山沟里去了。

四处张望，附近一个人也没有。江南果断去搬了几块石头过来，垫在车轮下面。

我加油门，江南和孩子们使劲推车。

一次又一次拼尽全力，终于，乐观自救的我们挣扎着脱险。

每年春天，鹭鸟们从南方回来，就会回到大魁山上，那里是无数只鹭鸟的栖居地。

它们伸展着洁白的翅膀，飘逸优美，在阳光下熠熠生辉。让人想走近，又怕走近会惊扰了它们。

夜深人静时，它们栖息在岩石上，月亮照着它们，就像照着一片茫茫大雪。

仙居顶，顾名思义，是神仙居住的山顶。

初雪的时候上山，山下面细雪纷飞，到了山顶，已是鹅毛大雪，雪又大又急，面对面站着的人，也看不清楚彼此是谁。

山上的植物都被冻成了冰雕，如同来自海底世界的奇异生灵。

总觉得，天上的那些白云，落过仙居顶的时候，会忍不住落下来，成为一只咩咩叫的小羊。

大自然在我心里，是家乡的山川精灵，也是附近的后湖公园。

心情抑郁沉闷的时候，在路边的树下站一会儿，看风吹动着叶子，似乎就能忘记一些令人难过的事情，想起一些美好的回忆。

一个人在湖边漫步，荡漾着涟漪的湖面上，如同铺了一层碎碎的金子。

在后湖看一棵树，总可以看许久，舍不得离开。

总觉得，做一棵树，并不比做一个人轻松。没有谁为它遮风挡雨，独自默默承受着风霜雨雪。

它在严酷的冬天失去一切，在春天又重新开始，总是保持着内心的活力。

垂柳的柳枝是一种神奇的植物，它们长长的枝条，在临近水面的时候，戛然而止，不肯再生长一分一寸。

微风来临，它们只是轻拂着安静的水面。

在这个世界上，很多人孤独生活，不被理解。很多人都有抑郁症，或轻或重，只是许多人不自知罢了。

不知道是什么时候，也许是在夜深人静的睡梦里，也许在后湖散步的时候，也许是在发呆的瞬间，也许是受到神灵的启发，我忽然对自己想成为什么样的人，有了一个真实而清晰的想法。

五月天的歌里有一句："当我和世界不一样，那就让我不一样。"

那些勇敢的人，在冷彻入骨的孤独中，也可以做到一个人就像一支装甲部队，仿佛身后有百万雄兵。

当我再次抑郁，我会回到自己。不断练习如何面对不可预知的恐惧，寻找自己内心的火焰，等待着生命再次燃烧。

愿你眼中写满故事
脸上却不见风霜

我不再悲观失望,我不想再被人同情。

抑郁是一生的战斗又怎样?就算它再卷土重来,我从抑郁中走出过一次,我就能再次走出。

人生是一场冒险,我想把生活过成喜欢的样子,我相信一切都还来得及。

为了成为自己,我必须勇敢一点,坚持到底。

走过最黑的夜,天空开始泛着曙光。我这么平常的一个人,竟也是我自己生活的奇迹,太神奇太不可思议了。

我想让身体健康起来、心情愉快,我想心灵拥有力量,照顾好自己和我爱的人。

我要成为一个身心都能独立的人,去到更远一些的地方。

对自己说,要自己争气啊!如果放弃的话,就永远达不到想去的地方了。

好朋友小田说人生一半的快乐来自美食。

很少出门的我,打算暑假来一趟美食之旅。给孩子们说了想法,孩子们欢天喜地,都来帮忙做旅行攻略。

怎样订酒店、寻找美食、旅游景点……我们列了一张详细的

少点期望自己
少点依赖别人
世界将更轻松美好

表格。

记得在北京工作的妹妹,某一年春节回家,她看看我,突然转身对我妈说:"我怎么觉得我姐呆头呆脑的!"

我也觉得自己挺呆笨的。在小粮库与世隔绝的十年,我似乎欠缺太多的社会知识与生活经验,不适应社会,出门也分不清东南西北。

第一次出远门是送妹妹去海南上大学,在火车上坐着,半路上火车换了车头之后,就晕头转向了。

到达海南岛之后,我们参加了旅行团,跟着导游一路购物,完全没有任何辨识能力,像个傻傻挨宰的傻蛋。

这次我们旅行的目的地是湖南,离孝感不远也不近,只有两三个小时的车程。

在火车上,我们看着车窗外一晃而过的村庄、田野和树林,有种喜悦油然而生。

我妈七十岁了,眼神还像小孩子一样,对旅程充满了好奇和向往。

下了车,到处是湖南臭豆腐店,每家臭豆腐店前都围满了顾客，各种勾魂小串香味诱人，让人跃跃欲试。

在网红奶茶店外的长队中，总有小妖的身影，她要把每种口味的奶茶都尝一遍。

我们去吃了网红小龙虾，据说五一节的时候，这里摆了两万桌……眼前立马浮现出一派车水马龙的繁华景象。

又麻又辣的龙虾让人直呼过瘾，细心的小妖为姥姥擦去嘴角的汤汁。

我妈和小怪兽超爱小炒黄牛肉，辣椒很辣，牛肉很嫩，好吃得不像话，哈哈，感觉我们以前吃的小炒黄牛肉都比这里逊色。

尝到喜欢的美食，黯淡的灵魂仿佛被点亮了。

活着真好！活着才能遇到一切美好。

我们决定去爬岳麓山。

在山脚下，第一次看到树干上长满青苔的大树。我们顺着山路一直走，在半山坡的时候，有一处清泉，我们坐下歇脚。

我妈走累了，想先下山了，她说到山下去等着我们。

我们一直走到山顶，俯瞰了湘江，再坐着缆车下来。

坐在缆车上的时候，太阳耀眼得让人睁不开眼睛。

我有点恐高,很不习惯这样半悬在空中的感觉,有种会漏下去的恐慌,孩子们坐在我的左右,抱着我的手臂,安慰我不要害怕。

对面缆车上年轻的女孩,递给我们一个善意的微笑,顿时觉得她好漂亮。

"请问还有多远?"她喊话。

"还有很远。"我们回答。

在山脚与我妈会合,陪小妖去了邮局,买了明信片,一张一张帮她盖上特色邮戳。

小妖说:"这张送给老师,那张送给小姨……"

她抬头对我笑的时候,笑容如这夏日阳光炫目,让人移不开眼睛。

我们还去了韶山冲,在山脚下,拒绝了黑出租,上了正规的旅游大巴车,被我妈和孩子们夸奖智商有进步。

在铜像广场,我妈乐呵呵地东瞄西瞅,每个角落都要看个究竟。

"这就是毛主席的家啊!跟我们那旮旯也差不多哇!"站在故居门前的池塘,我妈回头张望,无限感叹。

你我最好的样子
都是被爱出来的

白天走路走得筋疲力尽,回到酒店,只要想到满大街的美食等着我们,第二天清晨我们就有无穷的力气从床上爬起来。

小妖已经喝了好多种口味的奶茶,我妈品尝了好些个店铺的臭豆腐,小怪兽尝到了好几个大厨做的小炒黄牛肉,我吃了好多种麻辣烤串。我们像来到花果山上的猴子,总是吃着吃着就相视而笑,开心不已。

江南早就说过,要带我出门旅行。八月中旬,等大家都有时间了,选了一个好日子出发。

我们要去的地方是广东的长隆和湖南的凤凰古城。

小妖要补习,这次不能出门。我带着小怪兽,江南带着妞妞,一起向着欢乐世界出发。

一路上,两个小朋友在火车上兴奋得手舞足蹈。

江南在网上订了民宿酒店,交通便利,环境舒适。下了火车,打车到了酒店,放下行李,就赶紧去找吃的。

出门几步就遇到了点都德茶楼,像几个眼睛放光的吃匪,点了满满一桌子。

为了不浪费,撑得扶着墙出来。

生活注定没有奇迹
如果有
其他人的努力不就成了白费

进了欢乐谷的大门,我还没反应过来,就被江南拉着坐上了垂直过山车。

坐上之后,我赶紧闭上眼睛,决定下去之前绝不睁眼。

它先是慢慢爬上去,最后越来越慢,慢得像是要停下来一样,难道出了故障?

我忍不住睁开眼睛看了一眼,原来正在"悬崖"处卡着。

天啦!我来不及尖叫,过山车已垂直落下去,小心肝儿来不及扑腾,像是舍弃身体跳出去了一样。

短暂的几秒钟像漫长的几个世纪。

那种滋味无法形容,只能用"死而复生"来形容。

从过山车下来的时候,腿一直在战抖,感觉自己又捡了一条命。

看了海报介绍,才知道它竟是世界过山车之王!26层楼那么高。

江南已迫不及待发了朋友圈,并配上文字:"连燕七都坐了垂直过山车了,谁还好意思说怕?"

我不知道在朋友眼里,我是什么样的"弱女子"形象。

有个叫月亮的朋友去学车,总是熄火。她反复对自己说:"连燕七都能学会,我凭啥不能?"

咳……话说小怪兽的身高体重不足,不能坐垂直过山车,他很是沮丧,垂头丧气怂着脑袋。

看到飞马家族过山车放宽限制,他可以上去,很是兴奋,恳求我陪着他。

实在不忍心拒绝,也不放心让孩子一个人冒险,想着孩子都能坐的过山车,估计也没啥杀伤力吧!

下来之后,才知道什么是"飞马",看似无害,其惊险刺激到惊心动魄,远超我贫乏的想象力。

随着上天入地的过山车,身子前俯后仰,当时只有一个念头,这脖子会不会扭断了?这腰间盘还是不是我的?

我想往后余生我大概再没有勇气坐过山车了。

第二天去水上乐园,跟头一天一样,傻乎乎的我毫无思想防备,就跟着江南、妞妞爬到巨蟒上面去了。

工作小哥让我们穿上救生衣,坐上皮筏艇,抓紧皮筏艇上的塑料手柄。

看着下面蜿蜒的赛道，我的心里忐忑不安，问那位小哥："有没有人没抓紧手柄，在滑行的过程中甩出去的呢？"

如果有人甩出去了，不挂掉也会吐血三升吧！

那小哥淡定地说："你可以试试看不抓紧，成为第一个甩出去的人。"

吓得我赶紧狠狠抓住橡胶手柄，咬紧战抖的牙关。

从蟒蛇的腹部穿过，电石火花之间，一路都是惊险刺激的丛林。

小命犹存，实属幸运！

每次看到那些排队的年轻人，脸上有英勇的光芒闪耀。我的内心都会纠结一下，要不要也去尝试一下？

去吧，真的太吓人了。不去吧，总不能白来一趟吧！有些地方的风景，一生可能只有来一次的机会。

下午在江南的怂恿下，又一次头脑空白地和她登上了去往急驰竞赛区的台阶。

每个人上去都要背着自己的橡胶垫，我们上台阶的时候，看到一位三十多岁的男士背着橡胶垫迎面下来。

不是旅行治愈了你
而是你在路上
放过了自己

我们停下脚步，问："怎么了？是不是上面的人太多了？"如果人太多了，我就给自己找个台阶下去罢！

他摇头，表情无法形容："他妈的太吓人了，老子不敢玩了不敢玩了！"

看着他落荒而逃的背影，我来不及撤退，就被江南拽着继续攀登。

排在我前面的一位年轻男生，腿部颤抖，犹豫再三，被工作人员给驱赶下去了，"这位先生请别在这儿浪费时间！"

看着工作人员把每个按指示弯下腰，上身贴着滑道的人用力推下去，我的心提到嗓子眼儿了……

我是被推了两把才推下去的，这更吓人！

……真是，又捡到一条命啊！我以后活着都是赚来的，仰天长叹中。

在长隆欢乐世界，我把躺着攒了两年的力气都用完了。

每天晚上都累得只剩下一口气了，经过一晚的休整，第二天仍能爬起来，这就是生命的顽强。

也因为有小怪兽和妞妞这两个看到什么都想玩的孩子，我们

当你开始爱自己
活着才会有意义

才能坚韧如磐石。

不是我们带着孩子出来玩,是孩子领着我们出来散心。

我的心灵一次次战胜了恐惧,而我多缠善感的腰椎,竟然顶住了重重压力,我很是怀疑,我这突出的腰间盘,怕是从此要被吓好了吧。

那些颓废的人、对生活失去激情的人、活得了无趣味的人、郁郁寡欢的人,都应该说服或命令自己,到这欢乐世界来欢乐欢乐。

过山车、天地双雄、激流勇进、天旋地转、超级大擂锤……好好体验一下什么是九死一生!保证能让你乱了的心神更乱,以毒攻毒,负负得正。

内心一百次感谢自己,感谢自己的尝试,像英雄,好勇敢。

第六天,在吃了一份完美的干炒牛河之后,我们准备去凤凰古城了。

很多年前,有一天,实在想出门逛逛,问一位去过很多地方的摄影师:"哪里最值得去转转?求推荐。"

他回答:"凤凰古城。"

从此一直都在心里想念那个地方,一直无缘前来,多亏了江南这个导游。

在火车上,我看到天空的云朵,跟我以前看到的都不一样。

湖北的云朵是一团一团的,湖南的云是一缕一缕的,更透明更轻薄,离地面更低。

不知道是不是每个地方的云朵都各不相同。

每往前一步,就感觉这个世界更大了一些,有很多有意思的人,有意思的事,都值得我们拥有好奇心去探索。

不能长得好看,那就活得有趣一点。

蓦然发现,时间有限,只能浪费在喜欢的人和喜欢的事情上,一步都不能让。

托江南的福,她在凤凰的土著朋友安排我们住了临江的宾馆。左边是万民塔,右边是万寿宫,对面是黄永玉先生的夺翠楼。

清晨就看到泛舟的人,敲锣打鼓,送着新娘翠翠到对岸。

黄昏的跳岩上,我们跟随着行人的队伍,去往对面的青石小巷。

夜晚的沱江边,听着好听的歌曲,在歌声中入睡。

好像回到了在小粮库的时代，和小田去淘磁带，整天窝在家里听着港台流行歌曲。

那时候有一台小小的录音机，是我最豪的私人财产。

那是一个辉煌灿烂巨星云涌的音乐时代，那么近又那么遥远。

江南的朋友开车带着我们去了山上的苗寨。

女主人做了非常好吃的腊肉舍饭，墙上有女主人身穿苗服作为少数民族代表去美国交流的照片，据说女主人的苗歌唱得很好听。

在沈从文故居，看到先生年轻时代的照片，还有书法作品、写给爱人的情书。

杨家祠堂那古老的房子，那栩栩如生的穆桂英塑像，像小时候看过的小人书里画的一样威风凛凛，英气逼人。

在凤凰徜徉的时候，看到小镇网友海角九号发的朋友圈，她也在凤凰，我们总是在街头擦身而过。

夜晚我们去沱江乘舟，艄公撑着一叶扁舟带我们看两岸璀璨的夜景，对面总有返回的扁舟迎面而来。

看到朋友圈里海角九号拍的视频，她竟然就在对面的船上，

哭也哭了
酒也喝了
生蚝也烤了
也谈好了

平日相隔千里的人，此时在这里狭路相逢了。

我写过一首小诗："地球怎么可能是圆的，你走了那么久，还没有回到我身边。"

我们约着见面。在网络上相识的朋友，竟然会在现实中遇见，真是意外的惊喜。此时此刻，我忽然相信地球真的是圆的。

两岸灯火明亮，歌声隐约动人。如果我年轻的时候，从小粮库走出来，走到这样的地方，会舍得离开吗？

华灯初上，我们去森林剧场看了《边城》。最动人的不是翠翠的舞蹈，不是舞台特效，而是那句台词："我们沱江的女子，为啥都这般痴哦！"

听到这句，不知为何触到了泪点，眼泪刷地流下来了。

最近虽然还有无数次愣神的时刻，神情黯然，却没有像以前那样时常眼泪崩溃，内心酸楚了。

我一路走，一路写诗。一个内心有诗的人，眼里都是诗。对自己说，你想要自由，就要挣扎着向上飞行。

写诗是我正在经历的最美好的事情。济慈说："一首诗，如果不能像树上长出叶子一样自然，那就不必写它。"我也时常提

心无挂碍处
人间逍遥游

醒自己,不要无病呻吟。

我不懂写作的技巧和理论,我只顺从自己的内心,我只知道真实比完美重要。写诗是为了唤醒自己沉睡的部分,诗歌会照亮我的路。写明亮的诗歌,是我的职责。

从凤凰回来,好像凤凰涅槃了一般,抑郁这朵乌云淹死在沱江了。连走路都开始带风,有了力量,现在的我终于升级啦。

夏天的时候,春江安排我到图书馆做了一次"讲师"。

简直太不可思议,我竟然也有勇气登台,面对那么多陌生人,分享自己写诗的历程。

当我站在讲台上,将自己置身于我最害怕的场景之中,我感到紧张和不适。

我努力让自己镇定下来,说服自己,即使坍台又怎样?总要逼迫自己上台一次,你已经把自己打破重建了,你还怕什么?

不小的图书馆里座无虚席,一群朝气蓬勃的中学生从遥远的三汊镇赶过来,"你们怎么会过来呢?"我有些好奇地问她们。

被问到的女孩子有一双清澈明亮的眼睛,"是我们的语文老师告诉我们的,他叮嘱我们一定要来听一听。"

我讲述了我写诗的经历，从我童年记事开始讲起，在那孤独漫长的岁月中，诗歌带给我美好与感动。

突然感觉很幸运，我现在还有颗孩子一样的心灵。

大家对我冬天的夜半起床去看流星雨这件事很感兴趣，在互动环节，有人站起来分享自己看星空的经历。

原来有那么多人对仰望星空这件事情有独钟。

"我长大了想成为你这样的人！"那个圆脸的女中学生站起来说。

天啦！这表扬太巨大了，没有比这句话更让人内心激荡的了。

总是被一些瞬间打动，无比失败的自己，也能成为别人眼中想成为的人吗？

看，我还有什么理由妄自菲薄呢？

一个非常可爱的小女孩把她喜欢的扇子送给我，她什么也没说，只是执拗地把扇子塞到我手中。

面对她那双纯净的眼睛，一切语言都是多余。

我不想永远都不敢走出家门，我想在乎这个世界，也被这个世界在乎。

我想证明,这一生我来过我爱过。

夏末的时候,还去省城参加了出版社在百草园书屋的活动,我突然不害怕我会做得有多糟糕。不就是出一次糗吗?那就出吧!

百草园书屋的店主"老王",曾经参加过《最强大脑》,有非凡的记忆力。

来参加活动的都是华师的大学生,"你的人生一定很顺利,从未被生活欺负过,所以你才能写出这么简单干净的诗歌。"

当那位读者站起来分享自己心得的时候,我想了想,回答他说:"我的确很幸运,但是人生也没有那么顺利。谁都会遇到黑暗的时候,最重要的是如何面对黑暗,让自己的心灵重获光明。"

骤然发现,与外界的接触并不是那么艰难的事情。以前总是在自己的方寸之间自怨自艾,走出去,才知道天高地阔,天外有天。

在朋友们的鼓励下,成了签约作家,我想有更多学习的机会,接触到更多有思想有才华的老师,在写作上有新的提升和进步。

如果能遇到一路同行的人,我们彼此映照,彼此安慰。

去参加小怪兽的家长会的时候,老师对我们说:"每个孩子

你本来就不成功
怕什么失败

开花的时间不一样,有些孩子会晚些开花。"

我想我可能也是一个开花特别晚的人。

只有我自己知道,我做到了什么。

我感觉到我开始有了"自我",我跟以前不一样了。

我的内心有一种不为外人所知的自豪,我做到了通过改善内在的心情和外在的环境,减轻了抑郁带给我的灰暗,我感觉到自己轻松的时候越来越多,抑郁这朵乌云的重量越来越轻。

要么写出来,要么唱出来,要么说出来,在前行的路上,痛苦会自己去寻找出口。

随着年龄的增长,我们渐渐失去了梦想,失去了改变的勇气,失去了成为更好的自己的能力。

我现在明白了,抑郁是为了让我们停下来,思索自己存在的价值,重视自己的身体出现的信号,调整未来的方向。

我在写字,我在跑步,我在画画,我在游泳,我在写诗,我做让我觉得心情美好的事,我在努力成为我喜欢的样子,我比我想象中更勇敢。

这是一个漫长的过程,经历了漫长的疼痛的过程。

如同在游泳的时候，当我学会在水中放松，身体就漂浮起来。学习放松很重要，接受自己很重要。

罗曼·罗兰说："有些人二十岁就死了，八十岁才埋葬。"

多少事情已改变，而你是幸运的。

我终于开始燃烧起来。

这几年，每年会去做一次体检，去拿体检报告，看到有一堆不大不小的毛病，每年的毛病都在增多。

看检查报告的医生说："要开心啊！"

许多小毛病都与情绪有关，若总是不开心，身体就会出现各种信号。

在家里看《细胞内部之旅》。

我们的身体是一个神奇的宇宙，连身体里最小的驱动蛋白细胞都那么努力，我们有什么理由懒惰呢？

谁也不知道明天、后天或者几年后会发生什么事，谁也不知道世界末日什么时候来临，杞人忧天只能徒增烦恼。

朋友的朋友不知道我抑郁了，他们谈起某个患了抑郁症的人时，会有很多偏见和误会。

获得成功更好的办法
是改变对成功的定义

"抑郁的人就是爱钻牛角尖的人。"

"一个人都抑郁了，还有什么用？"

他们不知道自己随口说下的话，会对别人有怎样的影响。

他们不知道每个人都有可能得抑郁症，包括自己的亲人，甚至自己。

他们以为一个人抑郁了，就会成为废物。

如果他们真的对抑郁症有所了解，知道一个人为什么会患上抑郁症。如果他们多些了解，也许不会用有色的眼光去看待。

是什么将我们连根拔起？生命中太多看不透的神秘莫测，吸引着我们去寻找答案。

在与抑郁的冲突中，混沌的、无法解开的心，得到了净化与平息。

眼下越是黑暗，我就越能变得明亮。我已经可以笑着对自己说，想开点，这是上天的一点点考验。

倘若把自己放在能发光的地方，我们将如星辰般熠熠生辉。

我要成为会发光的人，如果没有我，有些人的人生会变得漆黑一片。

想到我的使命在召唤我,我就心潮澎湃。

人的一生很快就过去了,遗憾的是我们还有太多事情没去做。

很多人抢命似地活着,我们也不能慢吞吞死去。

如果还没有人懂自己,就抱着自己取暖。

阳光从伤口照进来,我感觉到了阳光的温暖。

我对祁老师说:"我不再是一棵杂草,我已经是一棵小树了。"我感觉到了自己的生长,感觉到了内心的愉悦,一种新的东西在我的身体内生长。

我已穿过了暴风雨,我跟从前不一样了。

不知何时,我不那么在意别人说什么了,无论是陌生人还是朋友,我的注意力不在别人对我的评价上。

我现在可以接打电话了,不再害怕电话铃声,甚至主动给朋友打电话,渴望探讨不一样的内心世界。

生病以后,有很多的体会,有很多痛苦挣扎。

一个人抑郁以后,会强迫自己停下来,思考人生和生存的意义。

在艰难的泥沼中前行,坚持下来的人,会找到新的人生意义。

佛不要你皈依
佛要你安心

祁老师对我说:"抑郁症没什么,它也是一份上天恩赐的礼物。"

当我决定在键盘上敲下自己的经历的时候,我就做好了准备,告诉大家,我是一名抑郁症患者,抑郁症真的不可怕。

人的天性是不喜欢与负面的人在一起,也没有人有义务陪伴一个心灵感冒的人,受她的情绪影响。

当我走过最黑暗的时刻,当我的心情由极度悲观到平静,当我在此刻回头,真的无比感谢所有在我消极时给予我支持鼓励的朋友。也要感谢自己的醒悟,没有一直深陷泥潭。

所有在黑暗中挣扎的人,都一定会胜利的,隧道尽头是光明,苦尽必将甘来。

生命本来就有很多疑惑,痛苦也许是为了感受到活着。

一种病痛本身就包含着治愈的力量。

人人都有成佛的慧根,人人都有走出抑郁的方式。

只要我们愿意,总能找到适合自己的方法,不需要到庙里去住,也不需要像佛教信徒一样大彻大悟,内心也能放松,思想也能变得清澈和自由。

伤口是光进入你内心的地方

Chapter 8

这是一生的战斗

我知道，是流星赞美了黑夜
鲸鱼安慰了大海

—— 燕七

萤火人

新的一年
未必更好
但要值得

那时被困在抑郁里出不来的时候，病急乱投医，去问懂周易的朋友："感觉自己一直都是霉运，喝凉水都塞牙……我什么时候才能转运？"

他回答："大后年就好了……2020年就好了啊！"

心情灰暗时，觉得2020年遥不可及。当心情慢慢变得明朗以后，就不慌不忙。

在我最沮丧的时候，我都坚持走过来了。就让2020年慢慢来到吧！

没想到2020年的春节，会是这样的开始，病毒随着春运爆发，全国人民都被禁足在家里，尤其是我们湖北的人民。

市中心医院在我家附近，每天站在阳台上，看到来来往往的救护车，只觉得心情紧张和压抑。

继武汉宣布封城之后，周围的市、县、镇，包括村子都进入封闭状态。

封城一个星期之内，心乱如麻。

阴雨绵绵的天气，朋友圈里看到的消息都是紧张、悲观、无助。

如果能不看朋友圈的话，或许心情不会受到干扰。

这几天安静得
连个诈骗电话都没了
大家发朋友圈又这么慢

但是又怎能不关注呢？这是我们每个人的时代，我们都在时代之中，这是真实的生活，不可回避。

新闻里宣布，继封城之后，所有小区也即将封闭式管理，禁止人员外出。

帮我妈清理了一下控制血压和血糖的药，发现有几种药不足，趁新规落实前，出门到对面的国药商场给她备齐三个月的药量，并顺路到附近的菜场和超市补充家里的生活物资。

街上的行人很少，停在路边的车辆一动不动，好像一切都被凝固了。想起看过的许多科幻灾难片，有一种生活在科幻世界中的不真实感，现实比小说更荒诞，梦里比现实更真实。

所有的商户都关着门，沿路的墙上张贴着最新防疫红头文件。

路上有骑自行车的消毒员身上背着药箱，正前往路边的小区进行消毒，每天都有新的小区被隔离。

菜场的门口有几个工作人员设了警戒线，桌上放着体温枪和登记表。空旷的菜场内部，还有一家商贩在卖菜。

菜品比较新鲜和丰富，菜价跟平时差不多，店主说早晨去沙沟市场进菜，进去之前也要测量体温。

感谢这些冒着生命危险坚守岗位的平凡又不平凡的人们。

又开始做噩梦,梦见和小怪兽去了疫区武汉,天色昏暗,气温寒冷,我在路边彷徨,不知道该怎么办,怎么样才能和小怪兽回到家里?

还梦见自己感染上了新型冠状肺炎病毒,内心无比惶惑,脑海里只有一个念头:这一生只能活几天了吧!

醒来后,发呆了好半天,才意识到自己仍然健康地活着,应该还可以活很久,突然欣喜。

妹妹每天清晨在群里关心我们是否安好。

我跟我妈和孩子们反复强调,为什么我们现在不能出门。

小区人员到家里来测量体温。工作人员穿着防护服,站在门外,手持体温枪,对准我们的额头。其实他们才是离危险最近的人,却用无所畏惧的态度给了我们力量。

专家说,病毒是一种烈性传播的病毒,令人莫名紧张,白天连窗户都不敢轻易打开。

一辆接一辆救护车从窗外的雨中急驰而过。那些此刻奋战在一线的工作人员,是真正的英雄。

看了电影《传染病》，小姑娘说："我们失去了春天，又要失去夏天。"

我们不能只是失去，也要留下一些什么……例如，对余生的思考，有些东西已经不一样了，要怎样活着呢？

夜鱼说："有些人永远留在了2020，我们活下来的人，要好好活，把他们的那一份也活下去。"

是的，要珍惜。

活着是美丽的。

小怪兽说他实在闷得受不了，中午跑到窗前吼了几声。

晚上十点多钟，准备睡觉的小怪兽又跑到窗前，打开窗户，对着黑夜大喊了一声"啊！！！"

过了一会儿，又喊了一声："我憋不住了！"

没想到楼上有人悠悠响应："那你还想怎么样？"

小怪兽吃了一惊，赶紧关窗跳到床上。

我和小妖被逗笑，猜测如果小怪兽继续喊话，楼上的会怎么回答。

孩子们接到学校通知，开学的时间推后了，具体开学时间再

要好好生活
总会有个人惦记着你

听通知。

新闻里，美国、法国竞相撤侨。

球星科比坠机遇难，朋友圈有人发文惦念。这是一位耀眼的球星，愿他安息。

也有好消息，"重庆144人医疗队驰援孝感"。

祁老师特意发来消息："你需要我的帮助吗？可以电话沟通。"

他担心我在面对这次的灾难时，还没有足够的勇气。

我可以照顾好自己，我知道还有更多人需要他的帮助。

这突如其来的疫情给每个人的生活带来改变，谁都难免受到影响。

对自己说，在这特殊的时期，每个人都身陷孤岛，要先把自己的状态调整好。

等待着走出家门，明亮的阳光重新照在身上的那天。

我相信抑郁过的人，身体也能产生抗体。对付突如其来的灾难，我已经有经验了。

要镇定下来，不受外界干扰，只有我不惊慌，我妈和孩子们才不会惊慌。

在最初的慌乱过后,我在想,我和孩子们都要想想该做的事,例如列一个时间计划表,让生活有条不紊。

这是一个不寻常的时期,未知的病毒带来的影响,可能比我们想象中更大,未来也许比我们想象中更艰难。

在这最寒冷的春天,我们要学习转移注意力。

我妈每天看新闻,看得唉声叹气。我在家里的柜子角落找了一堆毛线,让她给妹妹的孩子织件毛衣。

她每天坐在阳台上,开始思索她忘了几十年的针织。

我整理了一下自己的书柜书桌,墨汁和纸张够用大半年,家里的藏书,至少可以看三五年吧。

双十二团购的面粉可以大展身手,面包、蛋糕、馒头、花卷、包子……有的是时间来一一试验。

每天写日记,记下看到的听到的思考的一切,没有价值也没有关系。

除了替那些与病毒做斗争的医护人员和患者揪心,我还有许多事情可以去做,不怕时间太多,只怕时间不够用。

小妖过了元宵节开始用手机上网课,班主任在群里声嘶力竭

新的一年
未必更好
但要值得

地让学生下载某软件。老师忙着上传课件和布置作业,孩子忙着写作业,家长忙着帮忙打卡。她每天在题山课海中忙碌,受到的影响最小。

小怪兽的班主任在群里布置了跳绳、深蹲、俯卧撑等运动项目。小怪兽每天起床后,背英语、看名著。每天我们一起运动,下五子棋、跳绳,餐桌成为乒乓球桌。

用手机下载了做美食的软件,想做什么,去搜索一下,步骤和配方一目了然。

学会了做面食,每天做蛋糕、馒头、花卷、面包,厨艺突飞猛进。

得到了孩子们的点赞:"妈妈的厨艺突飞猛进了!"

"我妈是神厨!天下无敌!"千穿万穿,马屁不穿,孩子们的奉承让人心情温柔。

如果写作也能像炒菜和做甜点面食一样得心应手就好了。

疫情发生以后,我一首诗也写不出来了,只是每天对着日记记流水账。

淅淅沥沥下了十几天雨,天气终于转晴了,清晨听见有小鸟在窗外歌唱,天气变得暖和,春天的脚步正在走近。

春风十里 都在家里

大街上的行人寥寥无几,这个城市从来没有这样安静过。

很想去后湖走走,看看那些树有开花的动静没有。

春天有很多美好温柔的事物等着我们,真正强大的力量是春天的风。无论遇到怎样的寒冬,春天都没有舍弃温柔。

等疫情结束的时候,想去武汉走一走。江南说,活下来的都是英雄。

在大悟小区工作的同学云霞说每天下乡去宣传防护措施,登记信息,排查从武汉回来的人员以及接触过的人员等,她说最辛苦的就是前线的医护人员和基层的工作人员。

村子里老年人总喜欢聚集在一起聊天,也不戴口罩。

有人打电话举报,她们赶过去,那些人一哄而散。等她们走了,又围拢在一起。

如何让这些老年人意识到疫情的严重性,她们还要日复一日反复宣传,做大量的思想工作。

她所在的小区,已有十多户没有煤气了。那些家里没有安装管道煤气的,做饭都成了困难,她们要协商解决遇到的任何问题。

妹妹在北京得知我们年前没有买到口罩,千方百计托同事从国外寄了口罩。她说不确定能否到达，现在快递都停了。

给朋友打了电话，爱莲和飞鸟都做生意，这次受到如此重大的影响，一定压力很大。

飞鸟说："遇到这么严重的事，活下来已是幸运，生意就不去考虑了。"

黄昏的时候，看到几位穿着防护服的医生骑着摩托车经过楼下的街心，辛苦忙碌的一天过去了，希望他们能回家好好休息一下。

火神山医院已准备投入使用，一些宾馆和会馆也正在被改建成临时病房。

谁也不知道疫情在哪一天才能结束，自己把自己照顾好，就是做了贡献。

新闻说全国十六省一省包一市支持湖北，这是听到的最暖心的消息。

半个月过去，接到顺丰快递电话，妹妹寄回来的口罩到了。

在小区门口取快递，问快递员不怕吗？他说家人都反对他工作，但是没有办法，总得有人干活，每天只上半天班，可以住在

不用见日月
你就是星辰

仓库自我隔离。

重庆医疗队已经到达孝感了,看到视频里服装统一的医护人员从大巴车上下来,真的眼泪又要忍不住掉下来。

临睡前,小怪兽跑到阳台的窗前又"啊"了两声,他不敢等人回应,就赶紧关上窗户去刷牙睡觉。

小妖被触动了,走到窗前,也打开窗,对着茫茫黑夜吼了一句:"我想去上学!"

她对我抱怨过,在家上网课,网络总是卡住,她现在非常想念老师和同学,还有熟悉的教室。

我仰望星空,我的星空正陪伴着我,我们彼此温柔凝视。

我看见如自己天性一样美丽的东西,我记得那些仰望星空的日子,美好的事物永不消逝。

我们都能找到自己发光的方式,找到继续抱着希望的勇气,还有温暖的念想和值得眺望的远方。

被小区工作人员拉到小区的群里。群里热火朝天,有购买蔬菜、酒精、大米的接龙。大家互帮互助,团结友爱。

下了一场大雪,意料之中的倒春寒。那些在风雪中值守的志愿者们，希望他们身体无恙，能尽早回到温暖的家中。

有人在朋友圈问，疫情结束了，你会去做什么呢？

我想吃火锅，想和朋友拥抱，还想去旅行，我现在尝到了活着的甜头。

在家里练书法，恍惚听见外面有喊话声，小区人员和警察在楼下拿着喇叭宣布："本小区有疑似病例，封闭三天。"

大家关心生活物资怎么采购，还有已采购的鸡蛋等物资能否收到。

帮小妖剪刘海，给小怪兽理发。小妖的牙套松了，露出一截钢丝，她说总是戳到牙龈上伤到自己。在家里找老虎钳子，没有那种尖口的，只有一把生锈的虎口钳子，根本不能用。最后我妈想了办法，用剪刀才把那截钢丝强行剪断了。

傍晚时收到了小区送来的爱心蔬菜。一大把新鲜的芹菜，几根大蒜，还有两只紫色的长茄子。

很多种菜的农户都向封闭的小区，无偿捐赠自己种植的蔬菜。

每天最关注的是新增病例，这几天增速开始减缓，每天确诊从三位数降到两位数，强制措施有明显效果了。

每天总有朋友发消息来问，是否需要帮助，我感受到了满满的暖意。

一直潜着水的物业经理，很激动地在群里宣布了一个好消息，二单元601的住户已排除疑似，明天只等小区通知就可以解封了。

解封以后，我想要到小区的院子里走一圈，透透气。

每一天都是余下生命里最年轻的一天。还活着，就好好活着，坚信人间值得。

正在房间写作业的小怪兽突然说肚子疼，让人措手不及。让他在床上躺一会儿，给他测量了体温，显示正常。

他说肚子疼得越来越严重了，喝了消食的午时茶，喝了两杯热开水，都不管用，说越疼越狠了，哭得让人肝肠寸断，束手无策。

去小区的大门口问了值守的保安，可否开车去医院，得到了口头允许。

赶紧带着孩子去了附近的孝南妇幼保健医院。外科医生开了化验单和B超单，先去做检查。

B超的诊断结果是肠痉挛，医生让孩子住院观察。

等护士给小怪兽打吊瓶的时候，他已经完全不疼了，吊瓶打

珍贵的东西
总要付出许多艰辛
才会显得珍贵

完就活蹦乱跳，跟几小时前判若两人。

请年轻的医生给我开了证明，我得回家给孩子送餐过来。

回去的路上步行，抬头望去，后湖公园临近路边的玉兰花已经落了近半。

街上的商铺全都大门紧闭，到处张贴着红纸黑字的抗疫宣传单。

经过医生同意，第二天办了出院手续，回到家中，真是大松口气。

接连三天，孝感公布的确诊数字是零。

两个孩子的班级群都收到老师通知，即日起每天到支付宝的城市出行打卡健康码，十四天后凭健康码可以出行。

江南打来电话："我是村里的志愿者，每天的工作就是巡视村民的安全状况，劝阻年轻人出去打牌。"

我们约好了，等疫情结束，我们见面了要拥抱，坐在一起，好好喝一杯。

一直想做点事情，终于成为小区的志愿者。

经过前期的慌乱，现在的小区工作进入到有条不紊的防疫常态。

黑夜消失
黎明获胜

和工作在一线的小区工人员接触，了解到他们前期的工作。

跟在七十多岁的罗一才先生后面，爬到七楼给独居在家的老人送药。他健步如飞，我在后面气喘吁吁。

疫情暴发的时候，他第一时间站出来，"我都这么大年纪了，我不怕死！要保护好年轻人。"

他做了很多很多工作，任何的称赞在此都黯然失色。看着他，就觉得做人应该是那个样子，顶天立地，问心无愧。

和一位名陈英进的小区工作人员接触，听他倾诉了在最慌乱的那段时间的心路历程。

"每次我骑着摩托车去医院帮小区的居民买药时，穿过空荡荡的大街，特别是晴天时，说实话，心里挺恐慌的，我从来没有见过这样的城市。"

我也是这样想的。

当我骑着自行车去小区时，街上只有路口值守的交警，除了朝阳和落日，以及凝固的建筑物，再看不到什么时，我的心里也是荒凉的，忍不住眼睛湿润。

我们都在期待这个国家，这个城市，快快生机勃勃。

成为志愿者的这段时间，我在那些平凡的人身上，看到了不顾一切的勇气，看到了无法被打败的力量，看到了无私的付出，看到了人性的光芒。

　　疫情解封后，带着孩子们回到山里，我们大口呼吸着新鲜的空气。去清澈的河畔采野芹菜，到山上去寻找兰草花，去茶园采茶，沉闷的心情在大自然的怀抱里重获轻松。

　　再没有比自然更奇妙的存在了，给我们带来灵感与安慰。孩子们在山边奔跑着，脸庞上的汗水晶莹剔透。

　　现在他们可以自由地奔跑，可以大声呼喊，在油菜花丛中追逐蝴蝶，从一棵白花菜的小树上觅到一只正在鸣叫的蝉，在小溪里看到蝌蚪⋯⋯

　　我在风中落泪，不再是因为悲伤，是因为我走过的黑暗，又回到对这个世界的惊奇。

　　越来越多的时刻，独自微笑，脸上不再浮现出愁苦。

　　好像又回到了从前的日子，周末的时候，跟随着摄影师们去爬山，独自面对一朵花，一片云时，那微微喜悦的心情。

　　我看到镜中的自己，从泪水中挣脱出来的那个微笑。

虽遍体鳞伤，我仍感觉被这个世界所爱。

经历了最黑暗的时刻，再没有什么能打倒我，没有什么能阻止我往前走去。

曾经泪雨滂沱、狂风骤雨的昨天，仿佛已是遥远的往事。

我的任务，就是珍惜内心的光芒，朝着更多光亮的地方，向前走去。

我保持着感恩的心，时刻准备好了一切重新开始，透过黑暗，我看到了无法阻挡的光明。

我们以为，在武汉发生的灾难是全世界最严重的。没想到还有美国、西班牙、意大利、法国、德国、英国……那么多国家和城市相继沦陷。

不知道这场人类与病毒的战争什么时候才能结束，不知道全世界有多少人身心受到创伤，希望每个人都能找到自己的那条路。

疫情这段时间里，我做着减法，专注于少数几样事物。从受外界影响，到有了自己独立的思考和判断能力。

极简主义代言人佐佐木文雄说："拥有更少的东西才能真正快乐。"

希望有人会觉得
认识我是件幸运的事

    这世界肯定也有哪里不对劲，抑郁并不都是我们自身的原因。

    从开始到现在，我的世界的暴风雨停止了，我找到了自己，把自己从黑暗中解救出来，我看到隧道尽头的光。

    生活中总能找到希望，黑暗终究藏不住光。

    内心平静地仰望天空，踏踏实实活在当下的感觉真的太好了。

    生活重新吸引了我，我感觉我重获自由了。我现在有力量选择我想要的人生，我想做一个乐观的人。

    带着耐心、自我慈悲、坚持和开放的心态，全然觉知地活在当下。

    还有，幸运的我找到了一份与文学相关的工作。

    朋友们为我庆祝，与社会脱节了几年的我，还能在就业形势如此严峻的时刻找到一份靠谱的工作。

    重返工作岗位需要一个适应的过程。

    如同朋友评价湖北九百多万人的核酸检测报告，"结果比我预想的最好的结果还要好"。

    我对这份新工作的适应，也"比我预想的还要好"。

    领导非常和善，"不要有压力，犯错了也不要紧。"

成功只有一种
就是用自己喜欢的方式度过一生

    同事们都很友好，工作上遇到任何困难都可以求助。

    在此期间，我还遇到了一件事情。每天收听读诗节目的我，无意中听到一首鲁米的诗，袁方正读诗的声音非常醇厚好听，仿佛能穿透时空，有一种治愈的魔力。

    突然脑海中就闪现了一个念头，"我可以请他读我的诗吗？"

    "算了吧，几十亿人，哪里去找他？"

    "不，只要愿意找，就一定能找到的。"

    找到他，颇费周折，但比想象中容易一百倍。

    他用余音绕梁的声音朗读了我的小诗，原来实现自己的愿望并没有那么困难。

    把这件小事讲给祁老师听，带着一点自豪的成就感。

    祁老师说："一直往前走，就能看到更广阔的世界，我相信你还会更好。"

    如果没有那受折磨的过去，怎么会有今天的我？我是我过去经历的总和。

    也许抑郁那朵乌云还会飘来，一切都是不确定的。不确定性才是唯一能确定的。可以确定的是，我不会放弃做自己，做真实的自己。

如果我能预知我能够从抑郁中走出来，情况比我想象中还要好，也许在抑郁刚到来的时候，我就能把它一脚踢开。

世界上有无数人独自承受着抑郁的痛苦，却不被亲人朋友理解。

人们对抑郁的偏见与无知，令抑郁的人不敢坦白自己的孤独和痛苦。

这是一种特殊的悲伤，是一种极度的绝望，似乎没有上限，它带来的精神痛苦很残酷。就像一个恐高的人坐过山车一般，并且循环反复。

周围没有人经历你经历的这一切，没有人理解你。

每个人都有自己的故事，生活永远不是完美的，每个人的一生中，都可能会有这样一段黑暗的时光，感到无比艰难和痛苦。

黑暗是生活中无法割舍的一部分，苦难是可以化解的，挺过去，让一切重新开始。

也许我们需要这样的痛苦，引领我们发现真正的自我。

现在我感觉自己已进入到一个新的世界。

我的内心重新燃起希望，我知道我经历了什么，我明白了我的价值和方向，我的努力不是徒劳的，我不再是内心无反抗之力的人。

这是黑暗与温暖并存，希望与绝望交织的生命旅程。外表看起来毫无理由抑郁的人，都有可能被抑郁感染。

我曾无数次站在崩溃的边缘，也许是这个世界也处于崩溃的边缘。我能好起来，这个世界也能。

我为自己骄傲，我是我自己的英雄。

《高兴死了》的作者说："我们每个人都会有自己的那份灾难，疯狂或戏剧性，然而我们对待这些可怕事物的不同方式，会让结果截然不同。从某个角度来看，抑郁症能够帮助你或是强迫你探索情感的深度，这是大部分'正常人'永远无法体会的。"

有时候我们放慢脚步，是为了走得更远。万物皆有所归，也包括痛苦。当自己走出抑郁的乌云笼罩，再回头去看，仿佛那些伤痛也算不得什么。

我思索着，为什么看上去并不严重的伤口，却曾给自己带来严重的伤害？就像我们本以为只是得了一场感冒，却可能是全身

风照样吹
花照样开
太阳照样升起
可有些事情
已经变得不一样了

的器官衰竭。

抑郁者的痛苦是看不见的,那些因崩溃而导致更严重后果发生的人,如果在他最难过的时候,有人能拉住他,不让他凝视深渊,也许他就能得救。

我们是那只照亮它黑暗的萤火虫。

我们都可以让这个世界变好一点点,只要想改变,不管是多么微小的改变,都可能会有一个令人吃惊的变化。

我们应该继续走下去,因为我们还活着。

终南山上的二冬说:"我们的人生如果不经历些磨难,过得太顺利了,一生的时光,就会嗖的一下子就过去了。"

我们为自己的人生选择了意义,同样也能选择更好地活着。

仰望浩瀚的星空,我知道地球是目前为止人类发现的唯一的有生命的星球,是一颗孤独的蓝色星球。

每个人在这个世界上独一无二,都是孤独的个体。

这是一场秘密的战斗,在经历了黑暗的暴风雨过后,我的生命就像雨后的天空,粲然澄澈。

我知道只要我坚持一点点,学会善待自己,我就能走出抑郁,哪怕再次陷入，也不害怕，我知道我凭借内心的光明，还会再次走出来。

我没有白白遭受那些痛苦，我的思想境界变得宽阔，我更能理解和尊重他人的困境。

在命运需要的时刻，我们都能变身为战士。

如果一切重来，我还是会那么去做。

正如祁老师曾对我说："在抑郁中成长的人，可以从痛苦经验中培养精神世界的深度，心灵的痛苦有着让人变得慈悲和有深度的力量。当你走过地狱，就能发现天堂。"

若你也像曾经的我一样身陷抑郁，不要害怕它，也别在乎它，只要你想好起来，就一定能好起来。

是的，我还活着，这就是我的全部故事。

"去吧，但愿你一路平安，桥都坚固，隧道都光明。"

故事还长
请别失望

后 记

我知道孤独是什么。

是野草用了很长时间,才开出花来,却被风雨吹落。

是鱼在浅水洼干涸地死去,没有人把它送入大海。

是老兔子在小粮库外下雨的田埂上失魂落魄,一辈子没有遇到另一只同伴。

是小白被包主任用铁链子拉住,它拼命挣扎、呜咽的声音。

是一个人站在空旷的原野,想念的人在千里之外,甚至这世上没有人值得想念。

是听到血液在耳畔流动,是只有自己的声音在空谷回响,是一个人陷在无边的沙海里,越挣扎陷得越深,是世界末日前的绝望。

一个人在黑暗中待得太长,尝过太久孤独的滋味,渴望心灵明亮起来,像萤火虫,照亮自己,也照亮这个世界。

我曾以为世界抛弃了我,全世界都对我的痛苦视而不见。当我像一只蜗牛,小心翼翼向这世界伸出我的触角,我感觉到了这个世界的温柔。

一定会好起来的！还有，要爱自己啊！慢慢往前走，成为自己喜欢的那个人，成为一个不惧黑暗、拥抱光明的人，直到成为一个发光的萤火人。

感谢一路温暖陪伴我的春江、周芳、爱莲、江南……特别感谢一直鼓励着我的祁老师，感谢小林老师的插画，感谢让本书出版的修文老师、春晓老师，你们都是我遇到的萤火人。

总之岁月漫长
然而值得等待

图书在版编目（CIP）数据

萤火人/燕七著；小林画. —成都：四川人民出版社，2021.10
ISBN 978-7-220-12393-1

Ⅰ.①萤… Ⅱ.①燕…②小… Ⅲ.①随笔-作品集-中国-当代 Ⅳ.①I267.1

中国版本图书馆 CIP 数据核字（2021）第 152109 号

YING HUO REN
萤 火 人

燕七 著　小林 画

策划组稿	张春晓
责任编辑	张春晓
装帧设计	徐文睿
责任印制	祝 健
责任营销	王其进　王 雪
出版发行	四川人民出版社（成都槐树街2号）
网　　址	http://www.scpph.com
E-mail	scrmcbs@sina.com
新浪微博	@四川人民出版社
微信公众号	四川人民出版社
发行部业务电话	(028) 86259624　86259453
防盗版举报电话	(028) 86259624
照　　排	偏旁工作室
印　　刷	成都国图广告印务有限公司
成品尺寸	140mm×200mm
印　　张	8
字　　数	140千
版　　次	2021年10月第1版
印　　次	2021年10月第1次印刷
书　　号	ISBN 978-7-220-12393-1
定　　价	68.00元

■版权所有·侵权必究

本书若出现印装质量问题，请与我社发行部联系调换
电话：(028) 86259453

火车不想说话的时候
跑得特别快
黑暗不能阻止它
大雨不能阻止它

—— 燕七

萤火人

真能下决心追逐梦想
最差的结果
也不过是大器晚成

你不知道
一个人在黑暗中痛哭
多么寸步难行

———— 燕七

萤火人

我已经够与世无争了
但这世间的疾苦
还是不肯放过我

萤虫
　　　黑
　　　暗
　　　　　的
　　　照
　　　　它
　　　　　　火
是
　　那
　　　只
　　　　亮
我
　们